D1873947

rororo

ro
ro
ro

Susanne Falk, geboren 1976 in Kappeln an der Schlei als jüngstes von vier Kindern, studierte Germanistik und promovierte an der Universität Wien. Sie lebte einige Zeit in Rom, wo sie Luigi, dem Friseur aus «Das Wunder von Treviso», begegnete. Heute lebt Susanne Falk mit ihrer Familie in Wien. «Das Wunder von Treviso» ist ihr erster Roman.

Susanne Falk

Das Wunder von Treviso

Roman

Rowohlt Taschenbuch Verlag

Veröffentlicht im Rowohlt Taschenbuch Verlag,
Reinbek bei Hamburg, Januar 2013
Copyright © 2011 by Rowohlt Verlag GmbH,
Reinbek bei Hamburg
Umschlaggestaltung any.way, Barbara Hanke/Cordula Schmidt
(Illustration: Christopher Silas Neal)
Satz aus der Caslon 540 PostScript (InDesign)
bei Pinkuin Satz und Datentechnik, Berlin
Druck und Bindung CPI – Clausen und Bosse, Leck
Printed in Germany
ISBN 978 3 499 25585 4

Prolog

«Maria, Antonio! Benehmt euch!» Nonna Cristina war ungehalten. Die Enkelkinder, acht und zwölf Jahre alt, hatten einfach keinen Sinn für gute Manieren. Cristina musste mal ein ernstes Wort mit ihrer Tochter reden. Man konnte doch die eigenen Kinder nicht so verbauern lassen! «Putzt euch die Nase, setzt euch gerade hin und haltet endlich den Mund. Antonio, zwick deine Schwester nicht immerzu in den Arm. Und du, Maria, unterlass es bitte, deinem Bruder die Zunge rauszustrecken. Himmelherrgottnocheinmal!»

Nonna Cristina konnte wirklich böse werden, wenn ihre Versuche, den Kindern Kultur beizubringen, von irgendjemandem torpediert wurden, besonders von den Kindern selbst.

Die kleine Maria schaute sich um. Die Lüster imponierten ihr, sie tauchten das Opernhaus in einen feierlichen Glanz, wie sie ihn sonst nur aus der Kirche kannte. «Schau, Antonio», sie stupste ihren Bruder an, «wie in der Kirche!» Sie deutete nach oben.

«Quatsch, in der Kirche ist es viel dunkler. Und ruhiger. Und kühler ist es dort zum Glück auch.» Er wischte sich mit dem Handrücken den Schweiß von der Stirn. Sein neuer schwarzer Anzug, den die Nonna eigens für den Opernbesuch hatte anfertigen lassen, war eigentlich viel zu warm für diese Jahreszeit. Neidisch blickte er auf seine Schwester, die es in ihrem weißen Rüschenkleid weitaus luftiger hatte. Ihm war schon langweilig, bevor die Vorstellung überhaupt begonnen hatte. Maria dagegen konnte sich gar nicht sattsehen an den Tapeten und den feingekleideten Menschen um sie herum. Aufgeregt rutschte sie auf ihrem Sitz hin und her.

«Musst du noch einmal Pipi?», fragte Nonna Cristina mit einem Seitenblick auf Maria.

«Nein, Nonna.»

«Also Kinder, die Oper heißt ‹Der Barbier von Sevilla›. Es geht um einen verliebten Grafen, der mit allerlei Tricks die schöne … Antonio, sitz gerade! Und mach in der Oper keine Blasen. Wo hast du überhaupt den Kaugummi her? Seid brav, dann bekommt ihr in der Pause eine Limonade.»

In dem Augenblick hob sich der Vorhang, ging das Licht im Zuschauerraum aus, und Maria vergaß, dass ihre Schuhe drückten, ihre Unterhose kratzte. Sie bemerkte nicht einmal, wie Antonio versuchte, ihren Haarzopf mit seinem Kaugummi am Sitz festzukleben, was Nonna Cristina aber zum Glück noch rechtzeitig zu verhindern wusste. In den Auftrittsapplaus des Dirigenten mischte sich der Klaps von Nonnas Hand auf Antonios Hinterkopf, der daraufhin auf seinem Sitz zusammensank, um binnen der nächsten fünf Minuten friedlich einzuschlafen.

Maria dagegen verfolgte die Oper so gebannt, dass

Nonna Cristina sie in der Mitte des ersten Akts kurz selbst in den Arm zwickte, um sie vorsichtshalber ans Atmen zu erinnern.

In der Pause sogen die Kinder ihre Limonade derartig schnell ein, als ginge es um ihr Leben, wurden noch rasch der Vorsicht halber aufs Klo gehetzt, ging Antonio auf dem Weg von der Herrentoilette zum Parkett kurzzeitig verloren und schwor sich Nonna Cristina, den nächsten Ausflug lieber in eine Konditorei zu unternehmen, wenn nicht ... ja, wenn sie nicht bei ihrer Enkelin eine so unbändige Begeisterung gespürt hätte, die ihr das Gefühl tiefster Selbstzufriedenheit verlieh. Wenigstens einer ihrer Nachkommen war kein Barbar! Bei dem Jungen schien ohnehin schon alles verloren.

Nach der Vorstellung beugte sich Nonna Cristina, die trotz ihrer dreiundsiebzig Jahre eine großgewachsene, aufrechte Statur besaß, tief zu Maria hinunter und fragte sie pflichtgemäß: «Maria, Schätzchen, wie hat es dir denn gefallen?»

«Es war großartig, Nonna.»

«Und was hat dir am besten gefallen?»

«Der Figaro, Nonna. Den fand ich toll.»

Verärgert nahm Nonna Cristina die Kinder bei der Hand und schleifte sie schimpfend hinter sich her: «Dreitausend Lire für die Karten, nur um einmal im Leben Giuseppe di Stefano als Graf Almaviva zu sehen, und wen findet das Kind toll? Den Friseur! Was für eine proletarische Brut ist da nur aus meinem Schoß gekrochen?»

Antonio war zufrieden. Er hatte es letztlich doch noch geschafft, den Kaugummi in Marias Haar zu platzieren. Und so kam es, dass Maria als Folge dieses Abends zum ersten Mal in ihrem Leben einen Friseursalon betrat. Hinterher berichtete der Friseur ihrer Großmutter, das Kind habe ihn während der kurzen Prozedur des Haareschneidens immerzu aufmerksam angesehen und ihn am Ende gefragt, ob er auch schon mal einem Grafen die Haare geschnitten habe. Was sage man dazu?

«Ja, in der Tat, was soll man dazu sagen», antwortete Nonna Cristina und war insgeheim doch sehr froh, dass sie das Kind nicht in eine Aufführung von «La Traviata» mitgenommen hatte. Wer weiß, welche Auswirkungen das gehabt hätte, wenn das Kind schon den Verführungskünsten eines einfachen Barbiers erlag?

Erster Teil

I

In der Gemeinde von Treviso pflegte man viele Weisheiten. Eine davon war diese: Gott sieht alles, nur Treviso hat er noch nie bemerkt. Und in der Tat war es nur auf sehr detaillierten Landkarten verzeichnet. Im Gegensatz zur gleichnamigen Stadt in Venetien hatte dieses Treviso nichts Touristisches an sich, jedenfalls nicht mehr als jeder andere kleine Ort in der Umgebung auch.

Man führte ein ruhiges Leben in Treviso, geprägt von Arbeit und Langeweile und den wenigen Pausen zwischen Arbeit und Langeweile, die man mit Essen füllte. Der Ort hatte ganze 1377 freundliche Einwohner und ausnehmend unspektakuläre fünfzehneinhalb Meter lange Überreste einer alten Römerstraße vorzuweisen. Daneben gab es ein einziges Lokal, nämlich die Trattoria von Massimo, der neben dem Hauptgeschäft auch einen kleinen Eissalon unterhielt und bei Bedarf Festtagstorten verkaufte. Und es gab den Friseurladen von Luigi, der zwar altmodisch, aber bei den Einwohnern sehr beliebt war. Das kleine Postamt war fast immer geschlossen, und die schlechtsortierte Enoteca umging man besser weitläufig, bevor man auf die Idee kam, dort so etwas wie Wein zu erwerben.

Treviso hatte eine Grundschule, ein winziges Rathaus, eine spätgotische Kirche, und bis letzten Monat gab es hier auch ein Blumengeschäft, das nun geschlossen war. Das eigentliche Herzstück des Ortes aber war der Supermarkt von Vito Corrisi, der alles verkaufte, was man brauchte – oder auch nicht brauchte. Dazu zählten neben Lebensmitteln sämtliche Drogerieartikel, Schuhe, Schreibwaren, Lampenschirme sowie eine Sammlung von abgelaufenen Kalendern mit niedlichen Hunde- und Kätzchenmotiven, Rennwagen, Jesus Christus und Johnny Depp. Und es war jeden Samstag Markttag auf dem Campo. So gesehen hatte man beinahe alles vor Ort, worüber vor allem die alten Leute sehr froh waren. Junge Menschen gab es nur wenige. Man war zufrieden in Treviso, glücklich war man selten.

Dagegen war das Nachbardorf Castello della Libertà einst zu zweifelhaftem Ruhm gelangt und weit über den Landstrich hinaus bekanntgeworden. Nicht, dass Gott es bemerkt hätte, nein, viel wichtiger: Der leibhaftige Duce war eines Tages hier durchgekommen, hatte während seines Aufenthaltes drei Gläser Milch getrunken und den Ort auf seinen heutigen Namen umgetauft. In der Tat war Castello della Libertà das einzige Dorf in der Provinz, das seinen Namen aus der Zeit des Faschismus behalten hatte, denn der ließ sich grandios vermarkten. In Castello gab es nicht nur immer noch ein Hotel mit dem Namen «Il Duce», sondern auch eine Bäckerei «Da Benito», die als Spezialität des Hauses eine kuppelförmige Torte verkaufte, welche der einst so berühmten Glatze Mussolinis nachempfunden war. Und im Rathaus von Castello della Libertà hatte man eine Plakette zu Ehren der Kuh angebracht, deren Milch dem abstinenten Duce so gut geschmeckt hatte.

Castello della Libertà konnte also eine touristische Attraktion vorweisen, Treviso dagegen nicht – ein Umstand, der sich in naher Zukunft ändern sollte.

2

Die Sonne schien, und es war bereits jetzt, an einem gewöhnlichen Dienstagvormittag, schon heißer, als es in der Vorhölle je sein konnte. Das war Treviso im August. Don Antonio, der Pfarrer des Ortes, legte die Hacke beiseite, mit der er in der trockenen Erde seines nahezu vollständig verdorrten Kräutergartens herumgestochert hatte, und blickte auf. Der Kirchturm von Santa Maria degli Angeli lag ostwärts im Morgendunst, rechts daneben zog sich die Mauer des ehemaligen Klosteranwesens einige Meter bis zu den drei großen Zypressen, die direkt am Rand der Hauptstraße standen und von den Abgasen der Autos und Motorräder schon recht schütter geworden waren. Die mittlere würde er wohl im Herbst fällen lassen müssen. Bloß von wem? Der Küster war erst vor drei Wochen an der Hitze gestorben, Gott hab ihn … und seine Haushälterin, Rosa, hatte er mit fünfundsiebzig Jahren in die Pension entlassen müssen, als das Sozialamt vorstellig geworden war und sie für arbeitsunfähig erklärt hatte. Rosa hatte geschimpft und gebrüllt, der Beamte solle seinen fetten Hintern vom Kirchengrund bewegen und sie in Ruhe lassen. Dabei schlug sie ihn fast mit ihrer medizinischen Krücke, die sie seit der zweiten Hüftoperation ständig bei sich trug – und Don Antonio hatte begriffen, dass er fortan allein die Pfarrei führen musste.

Der Schweiß rann ihm von der Stirn. Eigentlich hätte er mit siebenundsechzig Jahren auch Anspruch auf einen Platz in irgendeinem Kloster gehabt, wo er sich zur Ruhe setzen konnte, aber er bevorzugte das Leben als aktiver Geistlicher und gedachte, dieses auch bis ins hohe Alter hinein weiterzuführen, solange man ihn ließ.

Der Pater ging zurück zum Pfarrhaus, das an die Kirche Santa Maria anschloss, um zu pinkeln. Er wurde nicht jünger, und der viele Wein, den er beim gestrigen Treffen mit Don Cristobaldo getrunken hatte, tat weder seinen Organen noch seinem Ruf gut. Er würde zur heutigen Buße eine halbe Stunde betend im Altarraum zubringen. Oder er würde die Altarlüster putzen. Ja, das würde er tun, denn die Lüster hatten es wahrhaftig nötig.

Das Telefon klingelte. Don Antonio wartete, ob es wohl von selbst aufhören würde. Vierzehn, fünfzehn … nein, es half nichts.

«Pronto?»

3

Zur selben Zeit in demselben Ort tauchte der Friseur Luigi sein Cornetto in den morgendlichen Cappuccino und dachte nach. Der Laden ging schlecht, die Kundschaft starb langsam aus, und er ermüdete, wenn er die dritte Dauerwelle des Tages auf dem Kopf einer Neunzigjährigen richten musste. Zwar war sein Laden immer noch der Umschlagplatz allen Klatsches und Tratsches, aber was gab es in einem so kleinen Dorf schon zu erzählen? Die Tochter von Massimo hatte wieder geheiratet, drüben in Castello della Libertà, und war nun das zweite Mal schwanger. Die Scheidung war ohne großes Aufsehen über die Bühne gegangen, man hatte sich gegenseitig betrogen, und letztlich war die Trennung in friedlichen und polygamen Bahnen verlaufen. Was also gab es dazu noch groß zu sagen? Menschen wurden geboren, wurden erwachsen, heirateten, kriegten Kinder, und irgendwann starben sie wieder.

Luigi fühlte sich elend. Um dreizehn Uhr dreißig würde er, wie jeden Mittag, seinen Laden schließen und in die Trattoria hinübergehen, um dort eine Kleinigkeit zu essen. Dann würde er die *Repubblica* aufschlagen und sich über die Regierung ärgern, sein Blutdruck würde in die Höhe schnellen. Massimo, der Besitzer der Trattoria, würde sagen, er solle sich nicht immer so aufregen. Und dann würde Luigi zurück in seinen Friseursalon spazieren und weiter auf Kundschaft warten.

Luigis Frau war vor drei Jahren gestorben, und seitdem war er an manchen Tagen mehr als nur ein wenig einsam. Chiara fehlte ihm, sie fehlte ihm so sehr, dass er nachts das Betttuch an sich drückte, um sich überhaupt an irgendetwas festhalten zu können, und dann weinte er still und ohne Tränen.

Wenn Luigi morgens den Friseursalon betrat, dann roch er, was er seit Jahrzehnten gerochen hatte: Haarspray der Marke Evolvia, Shampoo und Schaumfestiger, Haarwasser für die Männer. Für die Kinder hatte er einen Plastikeimer mit Lutschern auf der Anrichte stehen, neben dem kleinen Elefanten, einer Karussellfigur, auf dem die Kinder saßen, wenn er ihnen die Haare schnitt. Der Elefant roch leicht nach Möbelpolitur und der Fußboden nach dem antibakteriellen Zeug, das ihn seine Schwester nötigte zu kaufen.

Jetzt saß Luigi auf einem der drei roten, gepolsterten Kunstledersessel, seufzte tief und starrte auf die heruntergelassenen Jalousien. Er stand auf, trug die Cappuccinotasse in die kleine Küche, die sich hinten an den Laden anschloss, wischte die Krümel des Cornettos vom Tisch, fuhr sich mit der rechten Hand zweimal über den Kopf und ging dann nach draußen, um seinen Laden zu öffnen.

4

«Pronto?»

«Don Antonio?»

«Sì?»

«Hier spricht Mario, Mario Fratelli.»

Heilige Muttergottes, der Bürgermeister!, dachte Don Antonio. Der hat mir gerade noch gefehlt!

«Don Antonio? Hören Sie mich?»

«Äh ... was gibt es?»

«Ich wollte mit Ihnen über die Hochzeit meines Sohnes sprechen.» Piero, der Sohn des Bürgermeisters, hatte vor, in drei Wochen die äußerst reizende Luisa zu ehelichen, eine Nichte Don Antonios. Der Pater konnte weiß Gott nicht verstehen, was Luisa an diesem Aufschneider fand. Aber bitte.

«Was ist mit der Hochzeit?»

«Nun, Pater, ich weiß, dass ich Sie mit derlei weltlichen Dingen eigentlich nicht behelligen sollte, aber ich wollte doch noch einmal über die Dekoration mit Ihnen reden.»

Die Kirche war seit Jahren in finanziellen Schwierigkeiten, denn eigentlich hätte die Pfarrei mit dem Pensionsantritt Don Antonios in eine teilbesetzte Stellung übergehen sollen, das heißt, drei Gemeinden hätten sich einen einzigen Pfarrer geteilt, der im Turnus die Gottesdienste abhielt. Doch Don Antonio dachte nun einmal nicht daran abzutreten, und so war für die Altargestaltung schon seit Jahren kein Geld mehr da, und der

Blumenschmuck musste von den Familienangehörigen selbst bezahlt werden. Der Bürgermeister aber galt als einer der geizigsten Menschen im Umkreis von hundert Kilometern und würde ganz sicher versuchen, sich vor den Kosten zu drücken. Don Antonio gab den Unwissenden.

«Was ist mit der Dekoration?»

«Nun, Pater, ich erwarte mir etwas mit viel … Flair!», sagte der Bürgermeister.

Über das Wort hat er sich sicherlich eine halbe Stunde den Kopf zerbrochen, dachte Don Antonio. «Hm.»

«Sehen Sie? Wir verstehen uns! Wusste ich's doch gleich, dass Sie Ihre Nichte nicht im Stich lassen. Ich danke Ihnen, Pater. Ciao.»

«Ciao …», sagte auch Don Antonio und fügte in Gedanken «Du geiziger Hurensohn» hinzu. Und weil er ein braver Mann war, betete er drei Vaterunser für seine fehlende Nächstenliebe.

5

Eine Viertelstunde nachdem Luigi, der Friseur, seinen Laden geöffnet hatte, war es bereits so heiß, dass ihm der Schweiß von der Stirn rann. Sein ohnehin nicht mehr ganz sauberer Kittel in hellem Grauton färbte sich mit dunklen Schweißflecken unter den Achseln. Er war einfach zu alt für diese Arbeit. Und zu alt für dieses Wetter.

Nach langem Überlegen fasste Luigi einen Entschluss: Er würde den Laden heute nicht öffnen. Also machte er sich auf die Suche nach einem Stück Papier und einem Stift und schrieb dann in großen, roten Blockbuchstaben: HEUTE WEGEN HITZE GESCHLOSSEN. Es würde ohnehin kaum jemand kommen.

Luigi legte den Kittel ab, zog sein blaues kariertes Hemd über, ließ das fahrbare Waschbecken mitsamt den daran baumelnden Kitteln und Scheren einfach mitten im Raum stehen, marschierte hinaus und schloss den Laden zu. Er würde sich besser gleich an einen kühlen Ort begeben, wo man ein bisschen über das Wetter plaudern konnte. Massimos Bar hatte eine Klimaanlage. Ja, das würde er tun: Er würde sich dort ein schönes kühles Glas Limonade gönnen.

Kaum hatte er sich auf den Weg gemacht, begann er sich etwas besser zu fühlen. Die Aussicht auf ein Gespräch mit Massimo und den anderen Männern hellte seine Stimmung auf. Sicher, er unterhielt sich auch mit seinen Kundinnen viel und manchmal auch sehr gern, nur drehten sich die Gespräche dann in der Regel um Themen wie: Was machen die Kinder, wie geht es der Nachbarin, dem Hund, der Katze, dem Vogel, den Krampfadern usw. Seine männlichen Kunden ließen sich binnen fünf Minuten den Nacken ausrasieren, stürzten einen Kaffee hinunter und schimpften über Fußball, um dann seinen Laden wieder fluchtartig zu verlassen. Und bei den Dorfkindern drehte sich nahezu alles um Superhelden und singende Teenagerstars.

Alles in allem waren es schöne Gespräche, aber sie verliefen doch meist sehr einseitig. Die anderen erzählten, er hörte zu. Heute war ganz einfach der Punkt erreicht, an dem ihn jede weitere Diskussion über Krampfadern und Superhelden aus der Fassung bringen würde.

Luigi bog um die Ecke von Vitos Supermercato, als er plötzlich in eine wilde Schießerei geriet. Er wurde am Arm und an der Brust getroffen. Ein Feuerwerk an Melonenkernen war von der angrenzenden Mauer zum Supermarkt auf ihn herabgeprasselt, und als er nach oben blickte, gewahrte er drei sieben- bis achtjährige Jungen und eine halbe Wassermelone.

«Scusa!», riefen die Kinder ihm zu. «Wir entern gerade die Black Perl.» Sie deuteten auf einen großen Stein, der an der gegenüberliegenden Straßenseite lag.

«Aha …», sagte Luigi und war bereits im Begriff, den Kindern bessere Manieren an den Hals zu wünschen, als es ihn überkam und er sie fragte: «Und, wie steht es?»

«Nicht so gut», sagte der Junge, der in der Mitte saß, «uns geht bald die Munition aus. Und Luca spuckt immer daneben.»

«Kommt runter, ich zeig euch, wie ihr eure Trefferquote erhöht.»

Wenig später betrat Luigi die örtliche Trattoria mit dem leichtfüßigen Gang eines Piraten, der gerade erfolgreich Beute gemacht hatte.

6

Don Antonio saß im Pfarrhaus in seinem Sessel und dachte angestrengt nach. Er wunderte sich, wieso sein Kopf nicht schon rauchte, so angestrengt dachte er nach. Seit einer Stunde marterte er sein Gehirn, und diese Marter, so kam es ihm vor, war in ihrem Ausmaß beinahe ebenso peinigend wie die des Herrn selbst.

Don Antonio hatte heute Morgen etwas Unerhörtes in der Zeitung gelesen. Man hatte in der *Repubblica* von einem Dorf in den Anden berichtet. Es war nur eine kleine Notiz, aber sie ging ihm nicht mehr aus dem Kopf.

Im hochgelegenen Partispolo hat sich unlängst ein Wunder ereignet. Die Madonnenstatue in einem Herrgottswinkel, irgendwo an einem Bergpfad in der Höhe von 3755 m gelegen, hat begonnen, milchige Tränen zu weinen. Dieses Phänomen wurde dem Vatikan zugetragen, dessen offizielle Stellungnahme wie folgt lautete: «Ein Wunder Gottes wird uns wieder einmal zuteil durch der Jungfrau heiligen Schmerz, der unendlich ist wie die Liebe zu ihrem getöteten Sohn, dem Sohn Gottes.» Um das Kunstwerk zu erhalten, bittet der Vatikan im Namen der Gemeinde Partispolo um Spenden auf das Konto …

Und nun verdienten sich diese Andenbewohner dumm und dämlich an den Sakraltouristen, die sogar in Bussen dorthin gebracht wurden! Massen von kaufkräftigen und spendenfreudigen Touristen trotteten durch die Anden, um das Wunder der weinenden Madonna von Partispolo auf sich wirken zu lassen. Tausende von Devisenbringern, von denen nicht einer nach Treviso kam.

Don Antonio richtete sich in seinem Sessel auf. Genau das war das Problem: Sie kamen nicht nach Treviso. Und plötzlich wusste Don Antonio auch, warum dies so war und was man tun musste, um es zu ändern.

7

Niemand außer Don Antonio konnte später sagen, wann und wie die Idee in seinem Kopf Gestalt angenommen hatte. Aber eines war klar: Wunder geschehen auf viele Arten. Manche sind so zufällig wie die Entdeckung des Penicillins, andere sind quasi handgemacht wie die sieben Weltwunder, und wieder andere sind nur als Idee wunderbar, es hapert allerdings ein wenig an der Ausführung.

Nachdem der Pater die Tragweite seines Einfalls erfasst hatte, begann er, unruhig im Raum auf und ab zu gehen. Immer mehr junge Leute zogen aus Treviso fort, weil sie keine Arbeit fanden, und ein Geschäft nach dem anderen hatte schließen müssen. Trauriger Höhepunkt des Ganzen war das Ende des Blumengeschäfts von Ernesto Brasini im letzten Monat gewesen. Ernesto hatte keinen Sinn mehr in der Weiterführung seines

Ladens gesehen, denn er war bereits neunundsechzig Jahre alt, und ein Nachfolger war nicht in Sicht. Der Laden ging ohnehin schlecht und warf schon seit Jahren nicht mehr viel ab, die Leute hatten einfach kein Geld für Blumen. Nun mussten die Rosen für den Altar immer aus Castello della Libertà bezogen werden, und was das kostete, musste man ja niemandem sagen. Don Antonio stöhnte bei dem Gedanken, dass er den Blumenschmuck für die Hochzeit seiner Nichte bezahlen sollte. Dieser Hund von Bürgermeister wusste genau, was für Preise der Blumenladen in Castello nahm.

Aber was würde geschehen, wenn sich Treviso zum Touristenmagneten entwickelte? Natürlich! Die Gläubigen würden Opfer darbringen wollen, Blumenopfer. Und wer würde die Blumen dafür liefern? Nicht etwa der überteuerte Laden im Dorf der ewigen Mussolinianhänger, nein, ein Laden aus Treviso würde es sein. Vielleicht würde Ernesto doch noch einen Nachfolger finden. Das gäbe mindestens zwei neue Arbeitsplätze hier im Dorf! Und erst die Übernachtungen und die Verköstigung der Pilger, was würden die nicht für Einnahmen bringen? Wenn erst einmal Geld ins Dorf käme, dann kämen auch die Bewohner zurück und damit viele einheimische Gläubige, die neben den Touristen natürlich auch geistlichen Beistand benötigen würden. Und wer würde ihnen diesen gewähren?

Halt!, dachte Don Antonio. Hier spricht der Teufel aus dir! Der Mammon versucht dich! Widerstehe, widerstehe, Antonio!

Doch wie immer, wenn sich eine Idee im Kopf festsetzt, steckt sie den ganzen Geist an, und man kann nicht mehr davon lassen, bis man letztlich doch auf die glühende Herdplatte fasst.

8

Trevisos Kirche Santa Maria degli Angeli hatte einst einen Figurenaltar besessen, der die Heilige Jungfrau in Verzückung darstellte und an sich keinen besonderen künstlerischen Wert besaß. Die Vergoldung des Altars aber war sehr üppig ausgefallen und steigerte seinen Wert damit um ein Erkleckliches. Als im Zweiten Weltkrieg die Deutschen ihren Raubzug durch Italien antraten, verschwand der Altar und wurde nie wieder gesehen. Alles, was davon blieb, war die Maria in Verzückung selbst, denn diese hatte eine azurblaue Färbung und war als einzige Figur nicht mit Goldschmuck übersät. Allerdings hatte man ihr den Heiligenschein und ihre mit winzigen Saphiren besetzten blauen Augen geraubt. Sie wurde fortan in der Krypta aufbewahrt, denn die blinde Madonna passte schließlich gut an einen Ort, an dem man vor lauter Dunkelheit ohnehin nichts sehen konnte. Das Deckenlicht war seit Jahren kaputt und konnte aus Geldmangel nicht repariert werden.

An diesem Morgen schlich sich Don Antonio hinunter in die Krypta und begab sich auf die Suche nach der blinden Madonna. «Au», fluchte er, als er sich an einem Steinsarg stieß. «Dio mio, wo ist das Ding bloß?»

Es roch modrig, und der Staub lag zentimeterdick in den Seitenlogen. Irgendwo hinter einem alten, verdorrten Blumenkranz, dem Weihnachtsschmuck von vor zehn Jahren, und einigen halbzerschlagenen Altarvasen kam die Statue schließlich zum Vorschein. Sie war in eine Plastiktüte gehüllt, und als er sie herauszog, sah er, dass sie natürlich noch genauso unansehnlich wie kurz nach dem Krieg war. Don Antonio war damals Messdiener in ebendieser Kirche gewesen, und sein längst verstorbener Beichtvater Don Ignazio hatte ihn einmal hier hinuntergeschickt, um nach alten Tüchern zu suchen, weil die Kirche ausgemalt werden sollte. Unter einem Malertisch hatte der junge Antonio sie dann erblickt, die blinde Madonna, und dort stand sie auch heute noch.

Don Antonio setzte sich auf einen Stuhl mit dreieinhalb Beinen, hielt die Figur in den Händen und erinnerte sich.

«Ach, die hatte ich ganz vergessen», hatte Don Ignazio damals gesagt, als er ihm in den Keller gefolgt war und Antonio mit der blinden Madonna im Arm erblickt hatte. «Das arme Kind. Die Deutschen waren nicht sehr nett zu ihr.»

«Was ist mit ihr geschehen, Pater?», hatte Antonio gefragt.

«Ach, Junge, lass es gut sein. Es war kein guter Tag für Treviso, als die Deutschen die Madonna schändeten.» Und Don Ignazio hatte tief geseufzt und der Toten gedacht, die diese Zeit hier und überall auf der Welt gekostet hatte. «Es war kein guter Tag.»

Daran dachte Don Antonio jetzt, als er in derselben Krypta auf wahrscheinlich demselben Stuhl saß wie vor fünfundfünfzig Jahren.

«Don Ignazio, meinst du, ich soll es wagen?», fragte Don Antonio ins Dunkel hinein.

«Das sollst du nicht mich, sondern den Herrn fragen!», antwortete Don Ignazio prompt.

«Glaubst du, der Herr hat für solcherlei Pläne etwas übrig?», fragte Don Antonio.

«Mein Sohn», erwiderte Don Ignazio, «der Herr hat mehr Humor, als man ihm gemeinhin zutraut.»

9

Und tatsächlich stellte der Herr seinen Humor schon wenig später unter Beweis. Er bedachte den Pater mit einem Hexenschuss. Den zog er sich zu, als er die Madonna noch in derselben Nacht von der Krypta in den pfarramtlichen Keller schleppte und dort zwischen alten Gläsern auf einem wackeligen Regalbrett verstaute. Nun lag Don Antonio im Bett.

Treviso hatte vielleicht nicht viel zu bieten, aber einen Arzt hatte man immerhin doch. Und der Doktor kam, so schnell er konnte, was man ihm hoch anrechnen musste, denn immerhin war er schon fünfundsiebzig Jahre alt und litt stark an seinem Ischias.

«Pater, was haben Sie nur getan, dass Sie sich einen solchen Hexenschuss eingehandelt haben?»

«Ich habe den Teufel versucht!», antwortete Don Antonio.

Doktor Lorenzo schüttelte den Kopf. «Nein, Pater, ich glaube, der Teufel war hier nicht beteiligt.»

«Wenn Sie wüssten, Dottore, wenn Sie wüssten!»

Doch der Doktor wusste es nur zu gut, witterte er doch, dass seit Jahrzehnten das erste Mal etwas im Busch war, was den Pater offensichtlich so beunruhigte, dass er deshalb krank wurde. Seit er ein Buch über psychosomatische Beschwerden gelesen hatte, unterstellte er seinen Patienten mit Vorliebe ein Mindestmaß an Beknacktheit.

«Ich glaube eher, Sie vertragen den Temperaturunterschied zwischen den Kirchenräumen und draußen nicht mehr.»

«Oder es liegt an der Gartenarbeit», sagte Don Antonio.

«Das wird's wohl sein», stimmte der Doktor zu. Eine weitere Diskussion schien sich zu erübrigen. «Sie brauchen dringend ein paar Tage Bettruhe. Ich gebe Ihnen noch eine Spritze gegen die Schmerzen und sehe morgen wieder nach Ihnen. Haben Sie jemanden, der sich um Sie kümmert?»

«Ich könnte meine Nichte anrufen.»

«Tun Sie das, Pater, tun Sie das.»

Kurze Zeit später klingelte in Castello della Libertà ein Telefon. Don Antonio setzte seine Nichte von seinem Hexenschuss in Kenntnis und bat sie, den nächsten Bus von Castello nach Treviso zu nehmen. Doch die Nichte kam nicht an diesem Tag. Sie schickte jemand anderen.

10

«Niemand lässt sich wegen Keksen scheiden!», sagte Luigi.

«Na und? Was soll ich tun?», fragte Vito.

«Dich entschuldigen, du Idiot», antwortete Luigi. «Oder willst du bis ans Ende deiner Tage Massimos Pasta al pomodoro in dich hineinfuttern?»

Vito, der Supermarktbesitzer von Treviso, warf einen vielsagenden Blick auf seinen alten Freund und bestellte sich eine dritte Portion. Er hatte sich furchtbar mit seiner Frau gestritten, weil diese ihm verbieten wollte, im Supermarktregal die Kekse neben das Brot einzusortieren. Nun war er in Massimos Trattoria geflüchtet.

«Was hast du gegen meine Pasta?», fragte Massimo. Er stand hinter der Theke und trocknete Gläser ab.

«Nichts, nur dass du zu Mittag immer und ausschließlich Pasta al pomodoro kochst», sagte Luigi.

«Was ist falsch daran?», fragte Massimo, doch Luigi machte nur eine abschätzige Handbewegung.

«Amici, jetzt ist es genug!», sagte der Bürgermeister Mario, der an einem Tisch ein wenig abseits der anderen seine Zeitung las. «Ich lese, und wenn ich lese, will ich nicht gestört werden.»

«Was, du kannst lesen, Bürgermeister?», fragte Vito.

«Stell dir vor!», antwortete dieser.

Draußen brannte die Sonne auf den Asphalt und weichte ihn auf. Die Kinder versuchten, ihre Turnschuhe hineinzupressen, damit ein Abdruck davon blieb. Auf dem Schulhof waren siebzehn Mal Nike, dreizehn Mal Puma und ganze sechsundzwanzig Mal Benetton zu lesen. Es war zwölf Uhr siebenunddreißig, und der Bus aus Castello della Libertà war noch immer nicht da. Massimo sah aus dem Fenster.

«Der Bus ist heute aber spät», sagte er.

«Wen interessiert es?», entgegnete Vito.

«Mich. Mich interessiert es. Vielleicht kommen ja ein paar Touristen.»

Luigi lachte in sich hinein, Vito würdigte ihn keines Blickes, und der Bürgermeister hörte erst gar nicht hin. Daher nahm Massimo sein Geschirrtuch und verzog sich schimpfend in die Küche. Und so entging ihnen allen, als der Bus der Linie 174 über den Marktplatz rollte, seine Fahrgäste herausließ und wieder zurück nach Castello della Libertà fuhr.

Unter den Fahrgästen befanden sich Signora Bortolotti, die bei ihrer Schwester in Castello zu Besuch gewesen war, und der alte Signor Baci, der im riesigen Coop-Supermarkt von Castello einen neuen Grill erstanden hatte und diesen nun schwankend nach Hause schleppte, rechts den Gehstock, links den Grill und unterm Arm die Einkaufstasche. Des Weiteren waren tatsächlich zwei deutsche Touristen ausgestiegen, deren breite Rucksäcke und kurze Hosen kein gutes Geschäft versprachen und die sich nun ihren Weg durchs Dorf bahnten, in das sie sich wohl verirrt hatten. Niemand kam freiwillig nach Treviso, schon gar nicht im August.

Dem Bus entstieg aber noch eine weitere Person, eine ältere Dame in Stützstrümpfen, bequemen Schuhen und knitterfreiem Rock. Sie warf sich ihren dünnen Sommermantel über den Arm und ging festen Schrittes auf das Pfarrhaus zu.

11

Der Pater litt Qualen. Ein Hexenschuss ist eine unangenehme Sache, und man sollte besser nicht so tun, als wüsste man, wovon man redete, wenn man noch nie einen gehabt hat, denn darüber zu sprechen bleibt Eingeweihten vorbehalten. Der Pater versuchte, sich so wenig wie möglich zu bewegen und stattdessen über seine Sünden nachzudenken. Er wusste, warum ihn der Herr bestraft hatte, und war sich darüber im Klaren, dass er es auch verdiente. Aber, Herrgott noch einmal, tat das weh!

Das Pfarrhaus hatte zwei Eingänge, von denen der

eine, der Haupteingang zum Kirchhof, nur in Notfällen benutzt wurde. Die Tür war zu morsch, und die Scharniere ächzten so sehr, dass man sie nicht unnötig bewegen durfte. Zum Hintereingang führte links ein kleiner Weg ums Haus herum, zur Rechten lag die Kirche. Ging man diesen kleinen Pfad entlang, kam man in den Kräutergarten. Die Frau mit den Stützstrümpfen trug ihren Koffer bis zum Hintereingang, sah ein Paar Gartenhandschuhe auf der Bank liegen – vermutlich hatte Antonio sie hier vergessen –, schnappte sie sich im Vorbeigehen und ging dann ins Haus.

«Hallo? Nichte, bist du das?», hörte sie ihren Bruder rufen.

«Nein», antwortete Maria. «Ich bin das.»

In Don Antonios Augen wechselten sich Erstaunen und Erschrecken von Sekunde zu Sekunde ab.

«Was machst du denn hier? Ich hab nach der Nichte geschickt!»

«Die kann nicht. Hat zu viel zu tun mit den Vorbereitungen für den Sommerurlaub. Du weißt ja, sie fahren morgen alle in die Berge. Und da ich ohnehin nicht mitfahren wollte – es hat mich allerdings auch niemand gefragt –, bin ich jetzt hier.»

«Oh», antwortete der Pater.

«Was ist, Bruder? Freust du dich gar nicht?»

12

Die Abende in Treviso brachten das Leben zurück. Wenn die Temperatur auf unter dreißig Grad sank, dann machte Massimo ein gutes Geschäft mit seinem Eissalon. Luigi öffnete seinen Friseurladen noch einmal und bediente die Kundinnen, die wegen Übergewichts oder Alters die Hitze tagsüber nicht aushielten. Vito ließ seinen Laden bis zweiundzwanzig Uhr offen, und wer wollte, konnte so noch spät Waschmittel, Tiefkühlhühnchen oder eingelegte Tomaten einkaufen. Erstaunlicherweise wollten das tatsächlich viele Bewohner Trevisos, natürlich nur die, die noch nicht mit ihren Familien in die Berge oder ans Meer gefahren waren. Das war nämlich bei den meisten der Fall, weshalb es in dem Örtchen besonders ruhig war.

Alte Ehepaare gingen spazieren, kauften ihren Enkeln ein Eis und grüßten, wen sie kannten. Die jungen Leute von Treviso standen an ihre Motorini gelehnt und versteckten ihre Zigaretten vor den Eltern. Der Brunnen am Marktplatz, der voller Taubenmist war und in den die kleinen Kinder trotz der Ermahnungen ihrer Mütter die Finger hielten, plätscherte friedlich vor sich hin. Das Wasser war so dreckig wie kalt. Ein paar vom Markttag übrig gebliebene Salatblätter fegten über den Platz, und die Frauen führten ihre handgenähten oder aus dem Katalog bestellten Kleider aus, nur nicht Sofia Bortolotti, die kaufte ihre Kleider in Florenz, wenn sie dort ihre Cousine besuchte. Die alten Männer von Treviso lachten mit den paar Zähnen, die ihnen im Mund geblieben waren, und dachten an die Zeiten, wo sie jede Frau hätten haben können. Oder haben wollen. Wer fragte da schon so genau nach?

Es war Zeit für die alten Leute, sich zur Abendmesse zu begeben. Die fand jeden Mittwoch, Samstag und Sonntag statt und bildete mit schöner Regelmäßigkeit eine Abwechslung im etwas einsamen Alltag derer, die zwar Familie hatten, aber selten von ihren Angehörigen besucht wurden, weil sie zu weit weg wohnten.

Heute jedoch war alles etwas anders. Es war Samstagabend, und es würde keine Abendmesse geben. Auch Vito, der Händler, Luigi, der Friseur, Massimo, der Trattoriabesitzer, und Mario, der Bürgermeister, hatten mitbekommen, dass der Pater krank war, und so sehr sie ihn auch mochten und ihm eigentlich alles Gute wünschten, sie waren doch froh, ihn mal ein Wochenende nicht zu sehen. Ihre Frauen waren da allerdings anderer Meinung.

«Du wirst gefälligst hingehen und nach dem Pater sehen», sagte Vitos Frau.

«Wieso gehst *du* nicht hin?», erwiderte der.

«Weil der Pater ein Mann ist.»

«Wo liegt da die Logik, Frau?»

«Die Logik, Mann, liegt darin, dass ich eine Frau bin und der Pater ein Mann, und zwar ein Mann, der im Bett liegt und der Frauen nicht gewöhnt ist. Ich könnte ihn in Verlegenheit bringen. Und deshalb wirst du gehen!»

Auch Luigis Schwester machte deutlich, dass ihr

Bruder den Pater zu besuchen hatte, nicht zuletzt, um sie im Anschluss genauestens über alle Einzelheiten zu informieren. Ähnlich erging es Massimo, der seiner Frau aber klar sagte, dass sie wohl dem Wahnsinn anheimgefallen sei, wenn sie allen Ernstes von ihm erwarte, dass er Eissalon und Trattoria an einem Samstagabend seinem Sohn überlassen solle.

«Na was», sagte Massimos Frau, «verpasst du etwa das Geschäft deines Lebens?»

«Ja, genau das!»

«Pah. Dann bring dem Pater wenigstens etwas zu essen vorbei.»

Der Bürgermeister war bequemer als die anderen drei. Er schlug direkt von sich aus die Straße zum Pfarrhaus ein, bevor ihm seine Frau auf die Nerven gehen konnte. Und so machten sich aus allen Richtungen des Dorfes Treviso, einem Sternenmarsch gleich, Vito, Luigi, Massimo und Mario auf den Weg zu Don Antonio.

13

Währenddessen lag der Pater im Bett und ertrug die Fürsorge seiner Schwester Maria. Diese hatte ihn erst stundenlang mit einer Salbe eingerieben, dann Essen gekocht und danach das ganze Haus geputzt, vom Keller bis zum Dach. Nun saß sie völlig erledigt in der Küche, um ein Glas Rotwein zu trinken. Eigentlich war es Messwein, aber Maria wollte sich nach dem anstrengenden Tag etwas gönnen und hatte nur diese angebrochene Flasche im Küchenschrank gefunden. Sie prostete sich in den nun blitzblanken Scheiben der Anrichte zu, nahm einen großen Schluck und begann zu husten. Du meine Güte, das sollte Messwein sein? Schlimm genug, dass ihr Bruder Rotwein statt Weißwein für die Messen verwendete, denn die Flecken auf dem Altartuch auszuwaschen war ganz sicher kein Vergnügen, aber dass er dazu noch den billigsten Wein der schlechten Enoteca von Treviso bezog, zeugte entweder vom schlechten Geschmack Don Antonios oder von seinem Geiz, womöglich auch von beidem. In jedem Fall war dieses Gesöff kein Qualitätswein, wie ihn die Kirche für Messen vorschrieb. Und obwohl Maria selten konform mit den Vorschriften der katholischen Kirche ging, hätte sie durchaus nichts dagegen gehabt, wenn ihr Bruder sie in wenigstens diesem Punkt befolgt hätte. Gerade kippte sie den Inhalt ihres Glases in den Ausguss des Spülbeckens, als es an der Vordertür klingelte.

Der Pater, durch das Läuten aus seinem leichten Abendschlummer geweckt, brüllte durch drei Türen und zwei Stockwerke, so laut er konnte, seiner Schwester zu: «Nicht aufmachen! Die Tür ist kaputt!»

«Was willst du?», rief Maria zurück.

«Nicht aufmachen!», schrie der Pater erneut.

«Wieso soll ich nicht aufmachen?», schrie Maria zurück.

«DIE TÜR IST KAPUTT!»

Unten vor der Haustür schauten die vier Freunde

einander ratlos an. Dann sagte Massimo: «Also, brüllen kann er jedenfalls noch.» Und bevor sie es sich versahen, hatte eine fremde Frau die Tür mit einem Ruck aufgerissen, wobei Holzsplitter in alle Richtungen flogen.

«Buona sera», sagte die Frau.

«Buona sera», sagten der Bürgermeister, Vito und Massimo. Luigi schwieg, er starrte nur auf die stützbestrumpften Beine vor ihm und dann in das Gesicht der Frau.

«Sie wünschen?», fragte sie.

Maria nahm Massimo freundlich lächelnd das Essen für den Pater aus der Hand, bugsierte die vier Herren aufs große Sofa des Wohnzimmers und servierte ihnen Biscotti und Kaffee. Als alle versorgt waren, begann sich ein unangenehmes Schweigen auszubreiten. Also fühlte sich Vito bemüßigt zu fragen: «Und? Wie geht es Ihrem …?»

«Meinem Bruder?», fragte Maria. «Besser, danke. Er braucht nur noch ein wenig Ruhe.»

Die Männer nickten. «Ja», sagte Massimo, «etwas Ruhe kann ja nie schaden.»

«Ach, Sie sind also die Schwester», stellte Vito fest. Und weil er etwas Freundliches sagen wollte, fügte er hinzu: «Unglaublich, Signora, Sie sehen so jung aus, Sie können doch höchstens die Tochter …»

Mario stieß ihn unsanft in die Rippen. «Er ist Priester, du Idiot! Er kann doch gar keine Kinder haben.» Und alle lächelten verlegen.

Die Unterhaltung kam nicht so recht in Gang. Plötzlich vernahm man im oberen Stockwerk Geräusche, etwas schleifte über den Boden.

«Liegt Ihr Bruder im Bett?», fragte Luigi.

«Das sollte er», sagte Maria. «Aber dem Lärm nach zu urteilen verbarrikadiert er gerade die Tür mit einem Stuhl, damit ich ihn nicht weiter mit Nudelsuppe und warmen Umschlägen traktieren kann.» Und dann fing sie an zu lachen, herzlich, freundlich und mit vielen kleinen Falten um die Augen.

Als die Männer eine Viertelstunde später wieder vor der nun kaputten Eingangstür standen, um sich auf den Rückweg zu machen, hörten sie durch ein geöffnetes Fenster die Stimme Don Antonios, der lautstark nach Fleisch zum Abendessen verlangte, und die Stimme seiner Schwester, die ihm wiederum zubrüllte, darauf könne er warten, bis er schwarz werde, er brauche eine ausgewogene Ernährung, habe der Doktor gesagt, und damit basta. Massimo dachte an die Scallopine milanese, die er dem Pater mitgebracht hatte und die dieser vermutlich nicht zu Gesicht kriegen würde.

In der Trattoria angekommen, waren die Männer erschöpft, ob von der Hitze oder der spärlichen Konversation, wagte keiner zu sagen. Massimos Frau, die gerade das Erdbeereis nachfüllte, drehte sich zum Eingang und begrüßte ihren Mann mit den Worten: «Und, wie war's?»

14

«Seine Schwester? Ich dachte, die hätten seit Jahren keinen Kontakt!», sagte Massimos Frau.

«Und das hat sicher auch einen guten Grund!», entgegnete Massimo. Der Bürgermeister und Vito nickten bekräftigend. Die fünfzehn Minuten beim Pater hatten offenbar Eindruck bei ihnen hinterlassen, das sahen auch ihre Frauen, und es heizte ihre Neugier nur noch zusätzlich an.

«Ist sie denn so furchtbar?»

Massimo ließ langsam die Luft aus seinen aufgeblasenen Backen entweichen. Der Bürgermeister strich sich nervös über die spärlichen Haare, und Vito kratzte sich verlegen am Bart. Wirklich äußern wollte sich keiner der drei Männer, doch schließlich kamen von allen Wörter wie «dominant», «herrschsüchtig», «vorlaut».

«Wenn ihr mich fragt», sagte Massimo, «des Teufels Schwester hat heute Ausgang!»

«Aber schöne Beine hat sie. Das muss man ihr lassen», murmelte Vito vor sich hin.

15

Luigi war im Anschluss an den Besuch beim Pater nicht mit in Massimos Trattoria gekommen. Er hatte sich entschuldigt, er sei müde und gehe lieber sofort nach

Hause. Man hatte noch versucht, ihn auf ein Glas Wein zu überreden, aber letztlich hatten seine Freunde ihn ziehen lassen. Nun saß er im Halbdunkel seines Friseursalons, die Rollläden heruntergelassen, und hörte auf das Ticken der großen Uhr über der Tür zum Hinterzimmer. Hatte er Hunger? Möglich, aber Appetit hatte er keinen. War er müde? Ja, aber schlafen konnte er noch nicht. War er einsam? Was war es, das ihn so unruhig machte? Er fühlte sich richtiggehend kribbelig, unwohl, zittrig. Hatte er zu viel Kaffee getrunken? Das musste es sein. Einen Espresso zu viel für heute. Das bekam weder seinem Magen noch seinem Herzen, und offenbar bekam es auch seiner Seele nicht.

Er stand auf, indem er sich mit der Hand auf der Armlehne des roten Kunstledersessels abstützte, und ging ins Hinterzimmer des Salons. Dort, im weißen Schrank, im zweiten Fach rechts, lag ein altes Foto in einem Goldrahmen, dessen Glas schon fast blind war. Aber das Gesicht der Frau auf dem Bild lächelte so freundlich wie immer. Sie hatte ein schönes Lächeln gehabt, seine Chiara, große grüne Augen unter langen schwarzen Wimpern. Er erinnerte sich, wie ihr Haar gerochen hatte. Er erinnerte sich an das schwarze Kleid mit den weißen Tupfen, das sie zur Verlobung getragen hatte. Über vierzig Jahre war das nun her. Sie war älter geworden. Sie waren beide älter geworden. Chiara hätte gerne Kinder gehabt, er dagegen wollte immer nur Chiara; sie genügte ihm. Sie aber war über den Kummer, dass sie keine Kinder kriegen konnten, immer dicker geworden.

Dabei lag es gar nicht an ihr. Der Arzt hatte gesagt, es sei manchen Menschen einfach nicht gegeben, Kinder zu haben. Sie hatten sich eine Katze zugelegt. Die Katze war in demselben Jahr gestorben wie Chiara.

Luigi sah das Bild eine Weile lang an, bis er schließlich mit dem Ärmel darüberstrich und es wieder an seinen Platz zurücklegte. Dabei stieß er an etwas Weiches, das ganz hinten im Schrank gelegen haben musste. Er zog es mit langen Fingern aus dem Fach heraus, um zu sehen, was es war. Und zum ersten Mal an diesem Tag glitt ein Lächeln über sein Gesicht, und er wusste auf einmal, warum er die Schwester Don Antonios mögen würde, trotz ihrer widerborstigen, überfürsorglichen Art. In der Hand hielt er ein altes Paar Stützstrümpfe seiner verstorbenen Frau.

16

Der Pater lag im Bett und überdachte seine Lage. Er konnte jetzt noch eine weitere Woche hier liegen bleiben und sich von seiner Schwester terrorisieren lassen, oder aber er konnte die Zähne zusammenbeißen, aufstehen und seinen Verpflichtungen nachgehen. Er hatte die Nudelsuppe Marias satt. Offenbar glaubte seine Schwester, dass heiße, salzige Suppe gut gegen jede Form von Erkrankung sei, ob es sich dabei um Erkältung, Nabelbruch oder Hexenschuss handelte. Der Pater hatte es *so* satt. Er hatte dieses Zimmer satt, er hatte die Nudelsuppe satt, und er hatte die Hitze satt. Seit drei Wochen war das Thermometer nachts nicht mehr auf unter achtundzwanzig Grad gesunken. An ruhigen Schlaf war nicht zu denken.

Mit einer geschickten Linksdrehung rollte er sich aus dem Bett, suchte, noch etwas klapprig auf den Beinen, Halt am Bettpfosten, bevor er sich dann vollends aufrichtete und nach seiner Soutane tastete. Diese hing ordentlich gefaltet über dem Fußende vom Bett. Der Pater zog sich an, nahm den Stuhl weg, den er unter die Türklinke geschoben hatte, und ging die Treppe hinunter.

«Maria?» Keine Antwort.

«Maria?» Immer noch keine Antwort.

«MARIA!» Offenbar war Maria ausgegangen und hatte ihm nicht einmal eine Nachricht hinterlassen. Der Pater schüttelte den Kopf über so viel Rücksichtslosigkeit und tappte weiter nach draußen in Richtung Kräutergarten. Erschöpft ließ er sich auf der kleinen Bank am Hintereingang des Hauses nieder.

Seit siebenundzwanzig Jahren hatte sich der Kontakt zwischen ihm und seiner Schwester auf ein Minimum beschränkt: eine Glückwunschkarte zum Namenstag, ein kurzes Telefonat zu Weihnachten und hin und wieder ein paar Worte bei Familienfeiern. Und jetzt erschien sie wie aus heiterem Himmel in Treviso und machte ihm das Leben … ja, was eigentlich? Leicht? Schwer?

Don Antonio zog sich an der Rückenlehne der Bank hoch und schlich in Richtung Kirche, wo er sich ohne Umwege direkt in die Krypta begab. Dort empfing ihn der Geist Don Ignazios mit den Worten: «Und, hast du das Mädchen gut untergebracht?»

Don Antonio war überrascht: «Woher weißt du, dass sie da ist?»

«Ich bitte dich, Antonio, du hast sie doch heimlich ins Haus geholt! Glaubst du etwa, so etwas merke ich nicht?»

«Ich hab sie nicht heimlich geholt», antwortete Don Antonio entrüstet. «Die ist von selbst bei mir aufgekreuzt!»

«Junge», erwiderte Don Ignazio, «ich sage es ja nur ungern, aber aus Erfahrung weiß ich, dass nicht einmal Geister so ohne weiteres durch Mauern hindurchgehen, wie sollte es da eine Madonnenstatue schaffen? Oder hattest du etwa eine Erscheinung?»

«So kann man es auch nennen. Meine Schwester Maria ist da!»

«Aha», machte Don Ignazio, «und ich dachte, wir reden von der Madonna, die du heimlich entwendet hast. Wie geht es ihr denn so?»

«Was soll die Frage? Sie ist blau, sie ist kaputt, und bei Tageslicht betrachtet wirkt sie auch nicht schöner als hier unten im Dunkeln», antwortete Don Antonio.

«Gott, bist du heute schwer von Begriff! Deiner Schwester, Antonio, wie geht es deiner Schwester?»

«Weiß der Teufel», sagte Don Antonio. «Ich hab

nach der Nichte gerufen, und auf einmal ist sie hier aufgetaucht.» Er schüttelte den Kopf. «Stell dir das vor: Sie kocht für mich, sie wäscht für mich, kauft ein, putzt und tut wer weiß noch was. Die Angelegenheit von damals erwähnt sie mit keinem Sterbenswörtchen, so als hätte es die letzten siebenundzwanzig Jahre nicht gegeben.»

«Junge, ich kann darin nichts Schlechtes sehen. Offenbar will sie euren Streit von damals begraben.»

Don Antonio warf dem Geist Don Ignazios einen nachdenklichen Blick zu. «‹Begraben› ist das Stichwort, alter Mann», sagte Don Antonio, und seine Gedanken wanderten weit weg, auf eine Beerdigung vor siebenundzwanzig Jahren, bei der ihm seine Schwester Maria verboten hatte, die Grabrede auf ihren Sohn zu halten, weil es keinen gerechten Gott geben konnte, der einem das eigene Kind nahm. Und das hatte er ihr nicht verziehen, denn er wusste, dass sie recht hatte.

17

Es war Samstag und somit Markt auf dem Dorfplatz von Treviso. Neben frischen Lebensmitteln konnte man hier auch allerlei Nichtkulinarisches erstehen, so zum Beispiel chinesische Papierschirme, spanische Plastikfächer oder auch blaue Glasvasen made in Taiwan. Neben all diesen überaus nützlichen Dingen gab es auch einige Stände mit Kleidern, Hauskitteln, Strümpfen,

Kinderwäsche und fleischfarbenen BHs für Damen mit besonders üppigem Brustumfang.

Heute war das Angebot etwas spärlich ausgefallen, denn auch Marktstandbesitzer machen einmal Urlaub, und somit war die Anzahl der Stände an diesem heißen Augustwochenende auf unter zwölf geschrumpft. Maria schlenderte neugierig hin und her, prüfte die Tomaten, kaufte eine halbe Wassermelone, ein Kilogramm Trauben und drei Pfund Kartoffeln, entschied sich gegen Hühnchen, aber für Kalbsschnitzel und war alles in allem recht zufrieden mit ihren Besorgungen. Da blieb sie plötzlich vor dem Stand von Salvatore Tarlo stehen.

Auf dem Wochenmarkt gab es jeden erdenklichen Unsinn zu kaufen, aber zwischendurch kam man bei jemandem vorbei, der so etwas wie Kunsthandwerk unter die Menschheit brachte, und das nahm sich gegen den üblichen Kitsch aus Fernost dann doch etwas interessanter aus. Bei Salvatore Tarlo war tatsächlich Qualität am Werk, und neben recht ordentlich gearbeiteten Schüsseln, Salatbestecken und Schalen verkaufte er auch Holzfiguren in Form von Eisbären, Wölfen, Katzen und Delphinen. Außerdem hatte Salvatore auch einige wunderschöne Madonnenstatuen im Angebot. Und auf diese heftete sich nun Marias Blick.

«Buon giorno!»

«Buon giorno, Signora, womit kann ich Ihnen dienen?» Salvatore Tarlo freute sich – endlich Kundschaft. Er sprang von seinem kleinen Hocker auf und lächelte die Dame vor ihm mit großer Begeisterung an.

«Ja, ich weiß nicht, ob Sie mir helfen können.» Maria sah den Schnitzer prüfend an.

«Das weiß ich auch erst, wenn die Signora mir sagt, was sie wünscht.»

«Nun, ja, machen Sie auch Tischlerarbeiten?»

An sich tat Salvatore dies nicht, er war schließlich ein Meister seines Fachs und kein Möbeltischler. Einen Stuhl konnte jeder Idiot zusammenhämmern, eine Madonna zu schnitzen, ihrem feinen gen Himmel gerichteten Gesicht einen so verklärten Blick zu geben, dass man ganz rührselig wurde, erforderte dagegen schon sehr viel mehr Talent. Aber die Auftragslage war schlecht und Madonnenstatuen derzeit nicht sonderlich gefragt. Außerdem war die Leasingrate des letzten Monats für seinen neuen Kombi überfällig. Darum: «Aber sicher, Signora, kein Problem. Was soll denn gemacht werden?»

«Unsere Tür ist leider völlig kaputt, die Eingangstür, und ich habe mich gefragt, weil es doch keinen Tischler in Treviso mehr gibt, da hab ich mich gefragt, ob, und Sie sind ja ein Mann vom Fach, na ja, ob Sie nicht …?»

Eine Tür. Eine Tür sollte er richten. Himmelherrgott, eine Tür! Das war definitiv unter seiner Würde.

«Sicher doch, Signora, kein Problem. Ich mache das für Sie im Handumdrehen.»

«Das wäre wirklich wunderbar. Können Sie heute Nachmittag vielleicht schon …?»

Konnte er? «Aber sicher, Signora!» Er konnte.

Am Nachmittag erwartete man Besuch im Pfarrhaus.

18

Warum musste seine Schwester sich eigentlich überall einmischen? Don Antonio saß in seinem Sessel und seufzte tief. Kaum war sie ein paar Tage hier, und schon hatte sie das Regiment übernommen, gleich, ob es um seine Wäsche («Deine Socken sehen ja aus wie Schweizer Käse!»), um kirchliche Angelegenheiten («Pater Cristobaldo ist ein alter Säufer, und eure sogenannten Besprechungen könnt ihr euch in euren sogenannten schieben! Heute Abend gehst du zeitig ins Bett!») oder um das Pfarrhaus ging («Das ist ein furchtbarer alter Kasten! Du arbeitest wirklich für einen beschissenen Verein. Jeder dämliche Beamte hat eine bessere Dienstwohnung als du.») – Maria wusste es besser. Und dann das: Erst machte sie die Tür kaputt, und dann holte sie ihm auch noch Salvatore Tarlo ins Haus. Natürlich. Um die Eingangstür vom Pfarrhaus zu reparieren, bedurfte es ja des dümmsten Atheisten im Umkreis von achtzig Kilometern. Was hatte sie sich nur dabei gedacht?

«Was hast du dir nur dabei gedacht?», schimpfte Don Antonio folgerichtig mit seiner Schwester.

«Madonna, man wird ja wohl noch ein paar Entscheidungen selber treffen dürfen!», entgegnete sie.

«Nein, darf man nicht. Und lass die Heilige Jungfrau aus dem Spiel!» Der Pater war wirklich aufgebracht.

«Ich habe mir gedacht, dass dieses Haus eine Tür braucht, durch die man hindurchgehen kann, ohne sie gleich in Stücke zu reißen. Dass eine Reparatur dieses morschen Teils auch in deinem Sinne ist. Wieso also nicht einen Tischler rufen? O ja, ich vergaß: In diesem Kaff gibt es keinen Tischler mehr. Wach auf, Antonio, wenn du Hilfe suchst, dann wende dich nicht immer nur an den lieben Gott, sondern tu das, was das Nächstliegende ist. Und in diesem Fall ist das Nächstliegende Salvatore Tarlo!»

Nun war es Viertel vor zwei, und er musste seine gute Soutane rausholen und sich anziehen. Und waschen. Wann hatte er eigentlich das letzte Mal geduscht?

«Wann hast du dich eigentlich das letzte Mal geduscht?», fragte ihn Maria. Da läutete es an der Tür.

Salvatore Tarlo hatte seinen Werkzeugkasten mitgebracht. Ein Blick auf die Eingangstür des Hauses sagte ihm, dass er noch viele Stunden hier verbringen würde, und wenn die Auftragslage so schlecht bliebe, wie sie im Moment war, dann vielleicht noch ein bisschen länger.

«Signora, hier bin ich. Sie werden sehen, ich bringe Ihre Tür ganz schnell in Ordnung.» Im Hintergrund schnaufte jemand verächtlich.

«Mein Bruder», sagte Maria etwas verlegen, «lässt sich entschuldigen. Er … er … Das hier ist die Tür.» Sagte es und deutete auf den Eingangsbereich des Pfarrhauses.

Was sie nicht sagte. «Danke, Signora.» Salvatore Tarlo deutete eine Verbeugung an und machte sich an die Arbeit.

Als ihm sehr viel später an diesem Tag die großen

Schrauben ausgingen, beschloss Salvatore, dass sich derlei doch auch im Hause eines Pfarrers finden lassen müsse. Er ging in den Keller, um dort zu suchen. Was er fand, waren zwar keine Schrauben, aber dafür etwas anderes.

19

Derweil spielten sich beim Bürgermeister eher hektische Szenen ab. Die Hochzeitsvorbereitungen seines Sohnes waren in vollem Gange, aber der Bürgermeister war nicht zur Anprobe des Schneiders im eigenen Hause erschienen. Seine Frau war außer sich.

«Wo bleibt er nur? Um zwei Uhr sollte er hier sein, nun ist es schon halb drei, und noch immer ist kein Zipfel des Anzugs fertig. Und das, wo es nur noch zehn Tage bis zur Hochzeit sind! Dio mio, ich werde noch wahnsinnig mit diesem Mann!» Sie griff nochmal zum Hörer, aber auch auf vierundzwanzigfaches Klingeln hin hob im Büro des Bürgermeisters niemand ab.

Mario Fratelli hatte es vorgezogen, seiner Frau und dem Schneider zu entkommen. Daher hatte er sich von seinem Büro aus direkt in Massimos Trattoria geflüchtet. Das Handy hatte er vorsichtshalber abgeschaltet. Hier im Lokal ließ er sich gebührend bemitleiden, denn es gab wohl keinen Mann, der nicht nachfühlen konnte, was es bedeutete, sein Kind zu verheiraten.

«Die Kosten!», sagte Massimo und schwang das Geschirrtuch über seinem Kopf, um anzudeuten, welch schwindelerregende finanzielle Höhen derlei Festivitäten erreichen konnten.

«Der Stress!», stöhnte Vito.

«Und dann weiß man ja nie, ob es den ganzen Aufwand auch lohnt – bei der Scheidungsrate heutzutage», legte Massimo noch einmal nach, und alle Männer nickten in stillem Einverständnis. Dann schwiegen sie einträchtige zehn Sekunden lang, bis das Telefon der Trattoria klingelte und die Frau des Bürgermeisters ausrichten ließ, wenn ihr Mann nicht augenblicklich nach Hause komme, dann könne er in zehn Tagen nicht nur die Hochzeit seines Sohnes, sondern seine eigene Scheidung gleich mitfeiern.

20

Als sich Salvatore Tarlo in dem dunklen Keller auf die Suche nach den passenden Schrauben machte, stieß er sich an einem Regal den Kopf. Etwas Schweres donnerte von oben auf ihn herunter und erschlug ihn beinahe. Später würde Salvatore sagen, Gott habe ihn quasi mit dem Kopf darauf gestoßen. «Was ist denn das für ein Ding?», schimpfte Salvatore, als er sich näher besah, was ihn da mit aller Wucht getroffen hatte. Aus einer zerrissenen Plastiktüte wickelte er eine Madonnenstatue, die beim Sturz vom Regal offensichtlich einen Teil ihres rechten Armes eingebüßt hatte und ziemlich ramponiert aussah. Salvatore hob sie hoch und besah sie sich in dem spärlichen Licht, das in den Keller vordrang.

«Dir haben sie aber übel mitgespielt, meine Kleine», murmelte er. Auf den ersten Blick glaubte er zu erkennen, dass hinter dieser mit blauer Farbe verschandelten Statue ein Kleinod der Schnitzkunst steckte. Er besah sich die Statue von allen Seiten, ihren kunstvoll gestalteten Umhang, die zum Gebet gefalteten Händchen und die winzig gearbeiteten Füße, die unter dem Umhang hervortraten, bis er die Statue wieder in die alte Plastiktüte einwickeln und aufs Regal zurückverfrachten wollte. Da die Tüte aber zerrissen war – sie musste beim Sturz vom Regal an etwas Spitzem hängen geblieben sein –, klemmte er sich die Madonna unter den Arm und stapfte mit ihr in die Küche des Pfarrhauses, um dort nach etwas Geeignetem zu suchen, in das er sie einwickeln konnte.

Er fand die Küche verlassen vor. Die Signora war offenbar in Haus oder Garten unterwegs, und vom Pater war gleichfalls nichts zu sehen. Salvatore stellte die Statue auf den Tisch und begab sich auf die Suche durch die pfarramtlichen Küchenschränke. Er bemerkte nicht, dass Don Antonio inzwischen den Raum betreten hatte.

«Was suchen Sie denn da?», fragte der Pater.

«Oh, ich habe die Statue hier im Keller gefunden, sie ist mir quasi auf den Kopf gefallen, und nun bräuchte ich etwas, um sie wieder einzuwickeln.» Er besah sich das Häufchen Elend, das ihn aus blinden Augen heraus vorwurfsvoll ansah.

Der Pater folgte dem Blick Salvatores, und auf einmal überkam ihn Wut. Was hatte dieser Kerl eigentlich im Keller zu suchen, und was tat die Madonnenstatue auf einmal in seiner Küche?

«Was haben Sie im Keller gemacht?», fragte der Pater.

«Ich, äh, ich habe nach Schrauben gesucht. Und da bin ich auf das hier gestoßen.» Er deutete auf die Statue. «Ich dachte, so kannst du sie doch nicht ins Regal zurückstellen. Verstaubt ja völlig, das arme Ding. Und außerdem ist ein Stück vom Arm abgebrochen. Nun, da dachte ich, vielleicht könnte ich sie ja reparieren.»

Der Pater blickte Salvatore Tarlo erstaunt an. «Können Sie das denn?»

«Ja, Pater, ich bin eigentlich gelernter Schnitzer.» Salvatore drückte sich verlegen vor dem Küchenschrank herum, während der Pater begann, angespannt nachzudenken. Schließlich sagte er: «Nun, wenn Sie sich dazu bereit erklären, das gute Stück zu reparieren, dann wäre ich Ihnen natürlich sehr verbunden. Obgleich ich nicht weiß, was es bringen sollte, ihr den Arm anzukleben und den Rest in seinem jetzigen Zustand zu belassen. Dadurch wird sie auch nicht ansehnlicher.» Doch der Pater hatte nicht mit Salvatore Tarlo gerechnet.

«Aber Pater, das fehlende Stück am Arm wird doch nicht einfach angeklebt! So arbeiten nur Stümper.

Nein, man muss sie erst einmal abschleifen und dann versuchen, ein Stück entsprechend anzupassen, danach …» Salvatore Tarlo war in seinem Element. Zum ersten Mal seit Wochen konnte er sich wieder für seine eigentliche Profession begeistern, und etwas von dieser Begeisterung übertrug sich auch auf Don Antonio. Ungefähr eine halbe Stunde lang standen die beiden so fachsimpelnd um den alten Küchentisch herum und besahen sich dabei die blinde Madonna.

«Ach ja», endete Salvatore Tarlo, «es ließe sich so einiges aus der Dame machen – mit einem kleinen Wunder natürlich.» Da wusste der Pater endgültig, was er zu tun hatte.

«Ja, ein kleines Wunder. Sagen Sie, Salvatore, haben Sie zufällig von dem Wunder in den Anden gelesen? Es war eine Notiz in der *Repubblica*.»

«Nein, Pater, ich lese den *Messaggero*.»

«So?»

«Ja.»

«Aha.» Schweigen. Dann fuhr der Pater fort: «Nun, darin stand etwas über ein Wunder, das sich in einem Andendorf ereignet hat. Eine Madonnenstatue hat begonnen zu weinen.»

«Wirklich zu weinen, Pater?»

«Ja, so ist es.»

«Nun», Salvatore machte ein eher abfälliges Geräusch, «so ein Wunder lässt sich leicht herstellen. Glauben Sie mir, Pater, kein Stück Holz fängt von alleine an zu weinen.»

Und so wurde an diesem Nachmittag in der Küche des Pfarrhauses von Treviso ein Wunder geboren.

21

Nachmittags glich Treviso eher einer Geisterstadt als einem lebendigen Ort. Die Rollläden waren heruntergelassen, irgendwo fegte ein Motorino knatternd durch die Straßen, und wer konnte, der ruhte sich in seinem Haus bei einem kühlen Getränk aus und sah sich die halbnackten Mädchen im italienischen Nachmittagsfernsehen an, die lächelnd irgendwelche Schilder vor ihren knappen Bikinis hertrugen. Nur die Touristen wandelten durch die brüllende Hitze und wähnten sich als Entdecker der Schönheiten Italiens.

Die Kinder, die auf dem Campo Fußball spielten, wurden alle halbe Stunde von ihren Müttern ermahnt, doch endlich aus der Sonne zu gehen. Es war die Zeit des Jahres, in der die meisten alten Menschen starben, und dieser Sommer brach alle traurigen Rekorde. Allein in dieser Woche musste der Pater drei Beerdigungen vornehmen: die der dicken Roberta Basini, die an einem schönen, heißen Augustnachmittag von ihrem Stuhl gekippt und nicht wieder aufgestanden war; die von Alberto Largo, bei dem weniger die Hitze als der Alkohol der letzten dreißig Jahre zum Exitus geführt hatte; und zu guter Letzt die Maria Teresa Carlotta Vittoria Giovanellis, die testamentarisch darauf bestanden hatte, dass ihre sämtlichen Vornamen auf dem Grabstein erschienen, und die nach langem Leiden dem Schilddrüsenkrebs erlegen war. Bis auf Maria Teresia waren alle Toten dieses Sommers über fünfundsiebzig Jahre alt geworden.

Ja, er hatte unzweifelhaft seine Schattenseiten, dieser Sommer, und die Stimmung unter den älteren Einwohnern Trevisos hatte in dieser Woche ihren Tiefpunkt erreicht. Da half es auch nichts, wenn die Kinder und Enkelkinder aus dem schönen Sardinien, aus Portugal oder Österreich eine Postkarte sandten und so taten, als dächten sie an einen. Wer Glück hatte, der war nicht allein in diesen Tagen, sondern hatte einen Menschen, mit dem er gemeinsam über die Hitze stöhnen konnte.

Es gab allerdings zwei Bewohner Trevisos, die eine auffällige Geschäftigkeit an den Tag legten, und wäre der Rest des Dörfchens nicht so sehr mit sich selbst beschäftigt gewesen, dann hätte vielleicht jemand die ungewöhnliche Allianz zwischen Don Antonio und dem Schnitzmeister Salvatore Tarlo bemerkt. Vielleicht hätte jemand wahrgenommen, wie unruhig der Pater dieser Tage wirkte oder wie lange in Salvatores Werkstatt nachts noch die Lichter brannten. Doch in der Hitze fiel keinem der Trevisaner auf, dass in ihrer Mitte ein Ereignis von großer Tragweite seine Schatten vorauszuwerfen begann.

22

Der Morgen der Hochzeit von Luisa und Piero begann, wie alle Hochzeitstage üblicherweise beginnen: mit einem Anflug von Panik. Die Braut befürchtete, ihr Kleid könne nicht sitzen, weil sie in den letzten Tagen vor Aufregung kaum noch etwas gegessen hatte; der Bräutigam hatte Angst, dass man ihm die Alkoholfahne vom Abend zuvor noch anmerken könne; die Brautmutter erwartete das Schlimmste, einfach weil das so ihre Art war; der Brautvater verwarf im letzten Moment seine Rede, die er mühsam und über Tage hinweg geschrieben hatte und die er nun so schlecht fand, dass er wohl oder übel beim Essen würde improvisieren müssen; die Brautjungfer geriet in helle Panik, irgendjemand könne erfahren haben, dass sie vor drei Jahren auf der Hochzeit ihrer Freundin Giovanna mit dem Bräutigam geschlafen hatte; und der Pfarrer war mit den Nerven am Ende, weil … ja warum eigentlich? Dem äußeren Anschein nach hatte er keinen Grund dazu, denn dies war, bei aller Liebe, nun wirklich nicht seine erste Hochzeit. Trotzdem waren seine Hände an diesem Morgen schweißnass.

In der Nacht zuvor waren Don Antonio und Salvatore Tarlo am Hintereingang zur Sakristei verabredet gewesen. Um fünf vor elf klopfte Salvatore sanft dreimal von außen gegen die schwere Holztür. Es kam keine Reaktion, woraufhin Salvatore noch etwas heftiger dreimal gegen die Holztür klopfte und wiederum keine Antwort erhielt. Da die Tür verschlossen war, ging er um die Kirche herum und versuchte es beim Vordereingang. Die Tür war, ganz gegen die üblichen Gepflogenheiten, verriegelt. Die Brautmutter hatte darauf bestanden, nachdem die Kirche bereits am Nachmittag festlich geschmückt worden war, dass man die Blumenpracht auf diese Weise vor Eindringlingen aller Art schützen sollte. Im letzten Jahr hatte sich ein Hund am Abend vor einer Hochzeit in die Kirche verirrt und gegen eine der hinteren Bänke gepinkelt. Der Gestank hatte die ganze feierliche Zeremonie begleitet.

Bereits etwas entnervt begann Salvatore Tarlo zu rufen: «Pater? Pater, sind Sie da?»

«Pscht, zum Teufel nochmal, sei leise!», zischte Don Antonio, als er just in diesem Moment das Kirchenportal aufschloss. «Warum stehst du nicht hinten?»

«Weil du mir nicht aufgemacht hast!», empörte sich nun gleichfalls Salvatore.

«Wir hatten doch elf Uhr ausgemacht.»

«Ja, und? Es ist elf Uhr.»

«Nein, es ist erst fünf Minuten vor elf.»

«Bin ich ein Uhrwerk?», fragte Salvatore beleidigt.

«Komm endlich herein!», knurrte Don Antonio und schloss so leise wie möglich die Tür hinter seinem Komplizen. Der schleppte wiederum schwer an einem in schwarze Müllsäcke gewickelten Etwas, das er nun behutsam auf einer der Kirchenbänke postieren wollte.

«Nicht da!», zischte der Pater. «Da hat letztes Jahr ein Hund gegen gepinkelt.»

«Und da lässt du deine Schäfchen einfach drauf sitzen?», fragte Salvatore erstaunt.

«Pisse ist gut gegen Rheuma», antwortete der Pater, und der Anflug eines Grinsens umspielte seine Mundwinkel.

«Wohin nun damit?» Salvatore balancierte das schwere Etwas auf seinem Knie und sah den Pater fragend an.

«Am besten gleich in die dafür vorgesehene Nische», sagte der Pater und zeigte auf einen vorderen Winkel im linken Teil des Kirchenschiffs.

Mit einem leichten Stöhnen hievte Salvatore das schwere Stück hoch und hielt es dabei doch so sicher, als wäre es ein Baby. Dagegen hatten Don Antonios Augenlider und Hände mittlerweile nervös zu zucken begonnen. Er fürchtete sich vor dem nächsten Morgen, und es wurde ihm schwindelig bei der Vorstellung, etwas könnte schieflaufen, zum Beispiel, dass die Madonna vorzeitig entdeckt würde. Dann hätte man ganz sicher *ihn* mit dem wundersamen Gegenstand in Verbindung gebracht und schnell seinen Plan durchschaut. Nein, die Madonna musste so wirken, als hätte sie schon immer dort gestanden, bevor sie zum richtigen Zeitpunkt zum Einsatz kam. Und vielleicht wäre ein kleines Stoßgebet an dieser Stelle angebracht gewesen, doch zum ersten Mal in seinem Leben wagte er es nicht, Gott um Hilfe zu bitten. Dieses eine Mal musste er etwas nur mit sich selbst ausmachen.

Der nächste Morgen begann vielversprechend. Die Sonne schien heiß, aber es war nicht allzu drückend, man war guter Dinge, trank schon vor den Feierlichkeiten auf das Wohl des Brautpaares, und die Blumen waren über Nacht nur halb verwelkt, sodass sie noch einigermaßen gut aussahen, man dem Blumenhändler in Castello aber womöglich den halben Preis wieder abziehen konnte, denn der hatte Frische bis zum nächsten Abend garantiert. Und wen störten schon halbverwelkte Blumen, wenn eine Braut so wunderschön war wie diese? In der Tat: Luisa übertraf ihre eigenen Erwartungen um Längen.

Die Trauungszeremonie war für elf Uhr am Vormittag angesetzt. Gegen halb elf war die Kirche bereits so voll wie lange nicht, und man plauderte angeregt, während sich die ungezogenen Kinder im Mittelgang ein Gefecht mit ihren Wasserpistolen lieferten, in dessen Folge drei durchnässte Hello-Kitty-Shirts, der Verlust zweier Spongebob-Krawatten und nicht weniger als sechs ruinierte Gesangbücher zu beklagen waren. Der Pater lief nervös in der Sakristei auf und ab und ging noch einmal seine kurze Predigt durch, als Maria durch den Hintereingang zu ihm trat.

«Na, Bruder, alles bereit?»

«Hm, ja, hm …», war die Antwort des Paters.

«Dann lass ich dich mal allein.» Maria hatte kein Verständnis für die Aufregung ihres Bruders. Eine Hochzeit war eine Hochzeit. Was sollte da großartig schiefgehen? Als sie von der Sakristei in den Kirchenraum ging, streifte ihr Blick kurz die vordere linke Seitenloge, in der sie aus dem Augenwinkel eine Madonnenstatue wahrnahm. Hatte die dort gestern auch schon gestanden? Doch als im selben Augenblick die Orgel zu spielen begann, vergaß Maria den Gedanken wieder und begab sich schnell an ihren Platz.

Der Pater folgte seiner Schwester wenige Augenblicke später auf demselben Weg von der Sakristei zum Altarraum. Auch sein Blick streifte die Madonna, und er hoffte, sie würde nach Möglichkeit keine Aufmerksamkeit erregen. Die Zeit war noch nicht reif für ein Wunder, aber wenn die Madonna erst einmal einige Wochen dort stand, wo sie nun war, und er das Gefühl hatte, dass der richtige Augenblick gekommen war, dann würde … Und in diesem Moment entdeckte Don Antonio seinen neuen Freund Salvatore in einer der hinteren Reihen der Kirche. Der Pater wäre vor Schreck fast über den Absatz zum Altarraum gestolpert, als Salvatore auch noch die Hand hob und ihm grinsend zuwinkte. Don Antonio ignorierte ihn nach Kräften. Zum Glück hob die Musik in diesem Moment zum Hochzeitsmarsch an, und die Aufmerksamkeit aller konzentrierte sich auf den Einzug der Braut im hinteren Teil der Kirche. Nur eine einzige Person im Raum hatte die seltsam vertraute Geste Salvatores bemerkt – und sah taktvollerweise darüber hinweg.

Die Zeremonie begann. Man sang, man betete, man erhob und setzte sich wieder, man sang erneut, und der Pater begann sich zu entspannen und sogar die Trauung seiner Nichte zu genießen. Er sah die Blumen, er sah Luisas Lächeln, er hörte die Gemeinde lachen, als er eine kleine Kindheitsanekdote zum Besten gab, und seine Hände waren wieder trocken, als er sie dem Paar zum Segen auflegte. Eine wunderbare Hochzeit, dachte Don Antonio, ein wunderschönes Paar, ein wundervoller Sommer. Und da geschah das Unfassbare: Ein Handy klingelte. Irgendjemand in der dritten Reihe – wahrscheinlich ein Freund des Brautpaares aus der Großstadt – hatte es nicht abgeschaltet und zerstörte nun mit einem aufdringlichen Klingelton die feierliche Stille nach dem Segen.

Der Pater rang um Fassung, die Gemeinde kicherte, das Brautpaar schmunzelte, der Freund schaltete das Handy, nachdem er es ein paar Sekunden lang in seinen Anzugtaschen gesucht hatte, peinlich berührt ab. Und in diesem Moment kam ein Aufschrei von Sofia Bortolotti, heute in einem kurzärmeligen, gelben Zweiteiler: «Ein Wunder! Madonna, da, seht!» Ihr Finger zeigte in Richtung der Nische im vorderen linken Kirchenschiff, in deren Nähe der Handybesitzer nun etwas schuldbewusst saß, denn dort stand die blinde Madonna von Treviso, und aus ihren Augen rannen blutrote Tränen.

Zweiter Teil

1

Die Straße hieß zwar offiziell Calle delle Salute, aber die Einwohner Trevisos nannten sie nur Calle della Santa Maria, denn früher waren hier stets die Prozessionen an Mariä Himmelfahrt durchgekommen. Es war also keineswegs ungewöhnlich, beim Blick auf das Straßenschild an Maria zu denken, selbst wenn gar nicht Maria darauf stand. Luigi dachte allerdings in letzter Zeit sehr oft an Maria, ganz gleich, aus welchem Anlass. In letzter Zeit ging er auch sehr viel spazieren. Ein wenig Bewegung kann nicht schaden, dachte er. Und wenn man auf dem Weg in den Supermarkt, zu Massimo oder zu den Überresten der Römerstraße einen Bekannten traf, dann konnte man ein bisschen plaudern. Und wenn man jeden Mittwoch und Samstag um 10.35 Uhr, während Don Antonio üblicherweise die Beichte abnahm, genau vor Vitos Laden spazieren ging, dann konnte es passieren, dass man dort der Schwester Don Antonios begegnete – rein zufällig.

Eine solche Begegnung ereignete sich einige Tage nach dem Wunder. Luigi wartete schon in der Vormittagssonne vor Vitos Geschäft. Sein Friseurladen hatte mittwochmorgens geschlossen, daher konnte er sich mit seinen Besorgungen Zeit lassen. Gerade als er sich fragte, ob sie heute wohl später kommen würde als sonst, sprach ihn jemand überraschend von der Seite an.

«Guten Morgen, Signore», hörte er Marias Stimme sagen.

«Guten Morgen», antwortete er, «guten Morgen, Signora!» Es war derselbe Dialog wie schon bei den vorigen siebzehn Begegnungen. Manchmal variierte der Text, und man wünschte sich einen guten Tag, aber ein richtiges Gespräch hatte sich bisher noch nicht ergeben. Luigi spürte, dass jetzt die Gelegenheit da war. Er musste etwas sagen, das über den üblichen Gruß hinausging. Er holte Luft. «Das Wetter …», sagte er und deutete mit der rechten Hand in den Himmel.

«Ja», antwortete sie und lächelte. Dann nickte sie ihm kurz zu und verschwand im Laden.

Immerhin, dachte Luigi, hab ich noch etwas gesagt. Wirklich zufrieden war er mit sich allerdings nicht. Wenn er in dem Tempo weitermachte, brachte er es bis zu seiner Beerdigung eventuell zu einem gemeinsamen Kaffee. Also rührte er sich nicht von der Stelle, harrte weitere zehn Minuten vor Vitos Supermarkt aus und wartete auf eine Eingebung. Die nicht kam. Wer kam, war Maria, die plötzlich wieder vor ihm stand, ihn freundlich anlächelte und ihn schließlich fragte, ob er ihr vielleicht mit den Einkäufen helfen wolle, die seien heute nämlich besonders schwer.

Luigi schaute sie wortlos an, und einen Moment lang befürchtete sie, ihn verunsichert zu haben. Dann aber griff er beherzt mit der linken Hand nach ihren Plastiktüten und nahm ihr mit der rechten auch noch den Fünf-Liter-Kanister Trinkwasser aus der Hand. Und – er lächelte.

«Gehen wir!», sagte Luigi.

«Gehen wir», sagte Maria.

2

«Das ist unser Ende!», stöhnte Don Antonio. «Ich sehe die apokalyptischen Reiter förmlich auf uns zugaloppieren. Nichts hat so funktioniert wie geplant, und nun ereilt uns unser verdientes Schicksal.»

«Trink deinen Kaffee. Es läuft alles bestens», entgegnete Salvatore. «Die Leute waren begeistert, die Madonna funktioniert, und hier ...», Salvatore deutete auf ein halbes Dutzend Tageszeitungen, die ausgebreitet auf dem Küchentisch lagen, «ab sofort kennt die ganze Welt Treviso. Fast jede große Zeitung hat etwas über uns gebracht. Ich sage dir, in den nächsten Wochen werden Scharen von Touristen unseren Ort stürmen. Du wirst schon sehen.»

Don Antonio war sich da ganz und gar nicht sicher. Er hasste es, wenn seine Pläne durchkreuzt wurden. Alles war so perfekt durchdacht gewesen: Man hätte einige Wochen gewartet, um die Leute an den Anblick der Madonna zu gewöhnen, sodass die kleine Veränderung in der Kirche Trevisos niemandem bewusst aufgefallen wäre, und hätte dann in aller Seelenruhe den Mechanismus während einer ganz normalen Sonntagsmesse in Gang gesetzt. So aber hatte ein finnischer Mobilfunkhersteller alles kaputt gemacht. Aus Wut hatte Don Antonio gleich am nächsten Tag ein Schild im Eingangsbereich der Kirche angebracht, auf dem deutlich sichtbar das Telefonieren streng untersagt wurde. Tatsächlich wurde in den folgenden Tagen unter den Einwohnern Trevisos das Schild ebenso heiß diskutiert wie die weinende Madonna. Einen Zusammenhang zwischen beidem stellte jedoch niemand her.

Salvatore hatte natürlich recht – im Grunde lief alles bestens. Aber Don Antonio war nun mal ein Pessimist. Dank der Anwesenheit eines mit dem Brautpaar befreundeten RAI-Journalisten verbreitete sich die Nachricht des Wunders von Treviso nicht nur besonders schnell, sondern auch besonders weit. Schon einen Tag nach dem Hochzeitsfest stand ein Übertragungswagen der RAI vor dem Pfarrhaus, und man drehte ein kurzes Interview mit einem sichtlich nervösen Don Antonio in dessen frühseptemberlichem Kräutergarten. Maria servierte Wein, Wasser und Käse und hielt sich ansonsten im Hintergrund. Der Pater sagte einige Dinge über das Wunderwirken der Madonna, die Kirche wurde frontal und von der Seite ins Bild gerückt und das Ganze dann am Abend im Fernsehen ausgestrahlt. Zweiunddreißig Sekunden über das Wunder von Treviso – so lange dauerte der Beitrag. Don Antonio hatte es mit seiner alten Stoppuhr gemessen. Das waren vier Sekunden mehr als über die Eröffnung der Tizian-Ausstellung in Florenz und sogar dreizehn Sekunden länger als der Beitrag zum Nahostkonflikt.

Am nächsten Tag waren die wichtigsten Tageszeitungen auf den Zug aufgesprungen und brachten die Meldung von der weinenden Madonna Trevisos, einige sogar auf der Titelseite, wenn auch nur ganz klein. Kurze Zeit später folgten die Wochenblätter und Magazine. Don Antonio gab einige Telefoninterviews und stand dekorativ neben der Madonna, als der Fotograf des örtlichen Kirchenblattes ihn ablichtete. Er hielt den bohrenden Fragen seiner Kollegen aus den umliegenden Gemeinden stand, sogar denen des Bischofs Santini, der bereits zweimal das Wunder der weinenden Madonna aus der Nähe betrachtet hatte. Zwar traute er Don Antonio nicht so ganz über den Weg, freute sich aber aufrichtig, dass sich in seinem Kirchensprengel endlich mal etwas Aufregendes ereignet hatte. Daher versprach er auch, ein positives Gutachten nach Rom zu schicken, denn der Bischof wusste nur zu gut, was dieses Ereignis für eine sterbende Gemeinde wie Treviso bedeuten konnte. War es da wichtig, dass die blutroten Tränen der Madonna in Geruch und Farbe eine gewisse Übereinstimmung mit dem Messwein aufwiesen? Nein, eigentlich nicht. Bischof Santini war ein großzügiger Mann, und er gönnte Treviso seine weinende Madonna von Herzen. Sollte sich doch der Vatikan um die Sache kümmern: Und dessen Mühlen mahlten langsam. Bis dahin hätten die Bewohner Trevisos auf jeden Fall ihren Spaß, dachte sich der Bischof. Und er behielt recht. Die Einwohner Trevisos hatten ihren Spaß. Zunächst jedenfalls …

3

«Ich habe ja gehört, dass der Bischof gesagt haben soll, dass wiederum Don Antonio gesagt hat, dass die Madonna schon immer dort gestanden hat, was ja wohl glatt gelogen ist!»

«Und ich habe gehört, dass der Pater zu seiner Schwester gesagt haben soll, dass die Madonna ein Geschenk Gottes ist, und dass die darauf geantwortet hat, die Madonna ist viel eher ein Machwerk des Teufels. Stellt euch das mal vor, die Schwester des Paters eine Satanistin!»

«Ich habe aber wiederum gehört, dass Don Antonio gesagt haben soll, dass er Salvatore Tarlo noch etwas schuldet, und ihr wisst ja wohl, was das bedeutet!»

In redseligem Einverständnis standen drei Frauen vor der Käsetheke in Vitos Supermarkt und berieten sich über die jüngsten Ereignisse in ihrem kleinen Dorf. Und auch wenn jede von ihnen ihre eigene Theorie zum Wunder von Treviso hatte, so waren sie doch alle sehr froh, dass sich damit ein quasi unerschöpfliches Thema in ihre triste Alltagskonversation eingeschlichen hatte.

Zweifellos musste man der einen von ihnen zugestehen, dass sie mit ihrer Vermutung, Salvatore Tarlo sei in die ganze Sache verwickelt, ein besonders gutes Gespür für die Wahrheit bewiesen hatte. Und es war in der Tat auffällig, wenn dieser Tarlo Don Antonio auf der Straße so ausnehmend herzlich grüßte.

Vito hörte von alldem nichts, denn er wollte es nicht mehr hören. Seit Tagen war sein Laden Schauplatz ewiger Diskussionen über das Wunder von Treviso. Die Leute dachten sich die wildesten Geschichten aus, um das Phänomen der weinenden Madonna zu erklären. Beispielsweise gab es im Dorf Leute, die ernsthaft behaupteten, dass die blutroten Tränen eine allergische Reaktion der Madonna auf den Blumenschmuck bei der Hochzeit gewesen seien. Es war nicht so, dass Vito die Gerüchte um Don Antonio nicht interessiert hätten, nein, ganz im Gegenteil, sie interessierten ihn sogar sehr, doch nach über einer Woche war er es langsam leid, dass ihn die Menschen zwischen Wurst und Zwieback ständig nach neuen Informationen ausfragten. Als ob er, Vito, Herr der Konservendosen und Waschmittelkartons, jede kleinste Neuigkeit weiterverbreiten würde! Sollte sich doch seine Anna darum kümmern, Tratsch war schließlich ihre Abteilung. Und um seine Nerven zu beruhigen, riss er eine Packung Schokoriegel auf und begann, einen nach dem anderen zu verschlingen.

4

Am 3. Oktober erreichten die ersten Pilger Treviso, und das grenzte ebenfalls an ein Wunder, denn bis sie dort eintrafen, hatten sie – dank der Einwohner von Castello della Libertà – bereits eine wahre Odyssee hinter sich.

Natürlich war man sich im Nachbardorf Trevisos darüber im Klaren, dass mit der weinenden Madonna ein touristisches Konkurrenzprodukt auf dem kargen Markt der regionalen Attraktionen in Erscheinung getreten war und dass sich dies nachteilig auf den örtlichen Mussolini-Tourismus auswirken würde. Wenn die Pilgertouristen in Massimos Trattoria essen und in Vito Corrisis Laden in Treviso einkaufen würden, wer würde dann noch in Castello essen und einkaufen? Es waren ernstzunehmende Einbußen zu erwarten, und das Gerücht, dass die schlechte Enoteca Trevisos nun auch noch ein eigens kreiertes Pilgerprodukt auf den Markt bringen würde, verstärkte bei den Castellesen nur noch das Gefühl, dass dringend etwas getan werden musste.

Nun war es so, dass man Treviso mit dem Auto nur über die Zufahrtsstraße von Castello aus erreichen konnte. Was lag also näher, als ebendiese Zufahrtsstraße zu sperren und so Treviso seine touristische Lebensader zu kappen?

Zunächst einmal wurde mit rot-weißen Plastikbändern, Warndreiecken und dem Hinweis auf langwierige Bauarbeiten die Ortsausfahrt in Richtung Treviso gesperrt. Stattdessen leitete man den Verkehr auf geheimnisvoll verschlungenen Pfaden quer durch Castello und auf die hintere Ausfahrtsstraße um, von wo aus der Weg nach Treviso nicht nur doppelt so lang, sondern für Fremde quasi unmöglich zu finden war, führte er doch auf gepflasterten Wegen durch Weingärten und nicht weniger als fünf Kreuzungen zu einem unbeschilderten Kreisverkehr, an dem man schließlich bei der zweiten Ausfahrt abbiegen musste, um nach Treviso zu gelangen.

Blieb noch der Bus. Die Linie 174 verkehrte täglich mehrmals zwischen Castello und Treviso, und nicht wenige Menschen, auch aus Castello, waren darauf angewiesen, weshalb man die Linie wohl kaum zur Gänze einstellen konnte. Stattdessen sannen die Einwohner Castellos auf den wahrhaft teuflischen Plan, die Bushaltestelle vom Zentrum des Ortes in eine völlig uneinsichtige Nebenstraße zu verlegen. Doch damit nicht genug, sie änderten auch den Fahrplan. Fortan fuhr der Bus der Linie 174 acht Minuten früher ab, als es in den öffentlichen Fahrplänen verzeichnet war, und nur die Haltestelle in Castello zeigte den Reisenden die richtigen Zeiten an. Dem Rest der Menschheit wurden dagegen bereitwillig die alten Fahrpläne in die Hand gedrückt und viel Glück bei der Weiterreise nach Treviso gewünscht.

So kam es, dass es bis zum 3. Oktober dauerte, bis ein Trupp völlig erschöpfter und leicht verwirrter Katholiken aus Wuppertal als erste Pilgergruppe Treviso erreichte, versehen mit einigen zweifelhaften Souvenirs und einer Kuppeltorte aus Castello im Gepäck, um das Wunder der weinenden Madonna zu bestaunen.

5

Die leere Auslage des ehemaligen Blumengeschäfts von Ernesto Brasini riss eine unansehnliche Lücke in das Ortsbild. Wo früher Blumen, Übertöpfe und Düngemittel zu sehen waren, gab es jetzt nur noch eine trübe Glasscheibe, die mit Zeitungspapier abgeklebt war und über welcher der beschädigte Schriftzug «Bras nis B umengesc äft» zu lesen stand.

Wie traurig, dachte Maria, die sich gut daran erinnern konnte, dass ihr verstorbener Mann seine ersten Blumen für sie bei Ernesto Brasinis Vater gekauft hatte. Wie lange war das her? Jetzt mussten die Trevisaner ganz bis nach Castello fahren, um ein paar Rosen zu erstehen.

Maria liebte Blumensträuße, je größer, desto besser. Sie waren schön, sie waren teuer, und weil sie nur so kurze Zeit hielten, waren sie außerdem herrlich dekadent. Trotz ihrer knapp bemessenen Witwenpension kaufte sie sich mit schöner Regelmäßigkeit jeden Freitag einen Strauß Blumen, ganz so, wie ihr Mann es zu Lebzeiten immer für sie getan hatte. Als er starb, setzte sie die Tradition allein fort und bestückte die Vase auf ihrem Küchentisch wöchentlich mit frischen Callas,

Margeriten oder Freesien, den Lieblingsblumen ihrer Nonna Cristina.

Sie wollte gerade weitergehen, als ihr Blick auf eine Zeitungsanzeige fiel, die in Sichthöhe hinter der abgeklebten Schaufensterscheibe hing und weitere Erinnerungen in ihr aufsteigen ließ – an Musik, glitzernde Kristalllüster und an einen fatalen Besuch beim Friseur, der ihr einen Bubikopf verpasste, weil der Kaugummi, den ihr Bruder Antonio in ihrem Haar verteilt hatte, nicht mehr anders zu entfernen gewesen war. Da wurde Maria schlagartig klar, dass die Zeiten, in denen sie sich freitags ihre Blumen selbst kaufen musste, womöglich vorbei waren. Vor ihr hing eine Anzeige der Mailänder Scala für eine Wiederaufnahme des «Barbiers von Sevilla». Und auf einmal, so schien es Maria, tauchte vor ihrem inneren Auge neben all den Erinnerungen auch ein Bild aus der Zukunft auf, in der ein gewisser Barbier von Treviso eine entscheidende Rolle spielen würde. Leise und vergnügt summend setzte sie ihren Spaziergang fort.

6

Vito führte selbstverständlich Glühbirnen in seinem Sortiment, aber in den vergangenen Jahrzehnten war es noch nie vorgekommen, dass jemand auf einen Schlag gleich dreiundzwanzig Stück benötigte. Bei dieser Zahl musste selbst er passen und verwies Maria, die den schlechtbestückten Kronleuchtern in der Kirche von Treviso zu neuem Glanz verhelfen wollte, indem sie alle kaputten dreiundzwanzig Birnen auswechselte, an den Haushaltswarenladen der Gebrüder Fiorentini in Castello della Libertà.

Nachdem sie ihren Einkauf in Castello erfolgreich erledigt hatte, stieg Maria zufrieden in den Bus der Linie 174. Leider gab es an diesem Tag nur noch zwei freie Sitzplätze. Eine Pilgergruppe aus der Nähe von Bukarest hatte den Bus gestürmt, und Maria musste sich einen Weg durch den Mittelgang und haufenweise Gepäckstücke erkämpfen. Den wenigen Wortfetzen, die sie verstand, entnahm sie, dass der Reisebus der Pilger auf halber Strecke den Geist aufgegeben hatte und man nun auf ein öffentliches Verkehrsmittel nach Treviso umgestiegen war. Freundlich lächelnd drängelte sich Maria an einem gigantischen Schrankkoffer vorbei, um endlich einen Sitzplatz ganz hinten auf der linken Seite zu ergattern. Von hier, so dachte sie, hatte man den perfekten Ausblick. Tatsächlich hatte man das nicht, es war nur so, dass man von der linken Busseite aus einen heimlichen Blick auf Luigis Friseursalon werfen konnte, wenn der Bus durch Treviso fuhr, während die Römerstraße, die von der rechten Busseite aus zu bewundern gewesen wäre, Maria noch weniger interessierte als der Inhalt der Schrankkoffer der rumänischen Pilger.

Der Busfahrer hatte bereits den Motor angeworfen,

als Ernesto Brasini um die Ecke des Rathausplatzes bog und wild gestikulierend dem Fahrer bedeutete, dass er auch noch mitfahren wollte. Ernesto Brasini war einer der wenigen Trevisaner ohne Führerschein und eigenes Auto und … nun ja, man wusste, warum. Glücklich ins Businnere gelangt, erkämpfte sich Ernesto den letzten freien Sitzplatz auf der hinteren Bank und ließ sich daraufplumpsen. Erst dann schaute er sich genauer im Bus um und blickte am anderen Ende der Rückbank in das höflich lächelnde Gesicht Marias. Und weil Ernesto einen guten Tag hatte und im Grunde ein liebenswerter Mensch war, wollte er der Schwester des Pfarrers etwas Gutes tun. Also brüllte er über drei rumänische Pilgerinnen hinweg: «Signora, wollen Sie sich nicht hierhin setzen? Hier hat man die bessere Aussicht. Kommen Sie, wir tauschen!»

«Nein, vielen herzlichen Dank, das ist wirklich nicht nötig», sagte Maria.

«Doch, doch, Signora, ich bestehe darauf!»

«Nein, wirklich, Signor Brasini, ich bin hier bestens aufgehoben.»

«Kommen Sie, Signora, von hier aus kann man die Römerstraße bewundern. Die ist was Besonderes, das sieht man nicht alle Tage.»

«Nein, Signor Brasini, im Ernst, ich bleibe lieber hier sitzen.»

«Aber Signora, Sie verpassen den Blick auf die Römerstraße!»

«Danke, ich gönne Ihnen den Blick sehr.»

Wenn Höflichkeit je an die Grenze zur Erbarmungslosigkeit gelangte, dann jetzt. Als Ernesto Brasini mit grimmigem Lächeln aufstand, wusste Maria, dass sie verloren hatte. Sie bugsierte ihren Hintern, ihre Handtasche und die Tüte mit den dreiundzwanzig Glühbirnen über die drei Pilgerinnen hinweg und nahm auf dem Sitz der rechten Busseite Platz, während Ernesto Brasini links zu sitzen kam. Als der Bus der Linie 174 an Luigis Friseursalon vorbeifuhr, hatte Maria sämtliche Römer von Oktavian bis Romulus verflucht.

7

Diesen Oktober brach also das Chaos über Don Antonio herein. Es kam im penetranten Klingeln des Telefons daher, dessen Hall den Pater nun täglich etwa zwanzigmal in blanke Verzweiflung stürzte. Das Telefon sprach zu Don Antonio, und es sprach kein Italienisch. Vielmehr ereilten den Pater Anrufe pilgerwilliger Christen ohne Italienischkenntnisse aus aller Welt. Die Gespräche verliefen in etwa so:

«Pronto?»

«Hallo?»

«Sì, pronto?»

«Hallo, hallo?»

«Sie sprechen mit der Nummer Treviso – 78 85 63. Mit wem spreche ich?»

«Hallo?»

«Madonna, wer ist denn da?»

«Sì, ja, Madonna!»

«Was?»

«Hä?»

«Was wollen Sie?»

«Madonna?»

Es war einfach entsetzlich. Gestern war es ein kroatischer Mönch gewesen, dem er nach minutenlangem Gespräch endlich klarmachen konnte, dass Treviso über kein Bed & Breakfast verfügte. Heute hatte er einen Teilerfolg bei einem griechischen Geistlichen, mit dem er sich auf Altgriechisch darüber verständigte, dass das Pfarrhaus nicht in der Lage war, siebenundvierzig griechisch-zypriotische Pilger mit Essen zu versorgen, und dass es in Treviso kein Internetcafé gab. Das altgriechische Wort für Internetcafé stellte ihn jedoch vor eine echte Herausforderung, denn was der andere mit «Raum, der die Verbindung zur Welt ist» sagen wollte, war ihm leider nicht sofort aufgegangen.

«Es ist die Hölle!», stöhnte Don Antonio, als er wieder einmal Zuflucht in der Krypta suchte, weil das Klingeln des pfarramtlichen Telefons Gott sei Dank nicht bis in die Kirche vordrang.

«Keiner hat gesagt, dass es leicht werden würde», antwortete Don Ignazio.

«Hast du nichts Besseres zu bieten als diese Plattitüden, alter Mann? Ich könnte ein bisschen Trost gebrauchen.»

«Für Trost», sagte der Geist Don Ignazios und klang dabei etwas verschnupft, «ist der Herrgott zuständig. Heul dich doch bei dem aus.»

Musste er sich das bieten lassen? Sich vom schlechtgelaunten Geist eines Pfarrers beleidigen lassen? «Muss ich mir das von dir bieten lassen?»

«Was willst du denn hören, mein Junge?» Don Ignazio nannte ihn tatsächlich immer noch so wie damals. Offensichtlich war für ihn die Zeit stehengeblieben. «Was soll ich dir sagen? Dass du dir da etwas eingebrockt hast, was du nun allein auslöffeln musst? Dass die Idee, eine Madonnenstatue zu präparieren, vielleicht doch nicht so genial war, weil das Ganze früher oder später auffliegen und man dich in ein Kloster auf Sizilien strafversetzen wird? Kann dir alles passieren, Junge, kann dir alles passieren, aber wenn du mich fragst, ist es das allemal wert.»

«Wieso glaubst du, dass es das wert ist?» Erstaunt blickte Don Antonio zu Don Ignazios Ecke hinüber.

«Denk nach, mein Junge: War dein Leben schon jemals interessanter?»

8

Mit Handbüchern gab sich der Bürgermeister Mario nicht mehr ab, das hatte er nach nur einem halben Tag aufgegeben. Weder hatten ihm irgendwelche Ratgeber weitergeholfen, noch hatte er dem Buch «Das vernetzte Dorf» etwas über virtuell gelebte Realitäten entnehmen können, denn dieses Buch war eindeutig nichts für ambitionierte Bürgermeister ohne Geduld und Selbstdisziplin. Mario war ein Mann der Tat und der schnellen Entschlüsse, und er machte genau das, was ein Mann in seiner Lage zu tun hatte: Er wälzte die Arbeit auf einen anderen ab. Daher verpflichtete er seinen Neffen dazu, eine Homepage für Treviso zu basteln. Nach ganzen siebenundzwanzig Tagen war Giorgio so weit.

«Es fehlt jetzt nur noch ein Foto von dir», sagte Giorgio zu seinem Onkel, der wie immer hinter ihm stand und ihn beaufsichtigte, weil es seiner Sekretärin nicht gelang, ihn aus dem Büro in Massimos Trattoria zu verfrachten, wo er niemandem im Weg war.

«Was für ein Foto?», fragte Mario skeptisch.

«Willst du als Bürgermeister von Treviso nicht mit einem Bild auf deiner Homepage vertreten sein?»

«Doch ... doch, ja.» Natürlich, ein Foto! Wie hatte er das nur vergessen können? Selbstverständlich musste er mit einem Foto auf die Homepage, einem großen Foto, einem wunderbaren Foto, einem wahren Meisterwerk der Porträtkunst!

«Komm mit!», befahl er Giorgio und ließ seine Sekretärin mit den Worten zurück: «Ich muss mich porträtieren lassen, Silvia, warten Sie nicht auf uns.»

Und er dachte so bei sich, dass sein Neffe doch mal zu etwas gut war und dass er ihm womöglich etwas für seine Arbeit bezahlen musste. Aber das konnte warten.

9

«Was tut er da?»

«Ich glaube, er posiert.»

«Ja, aber wieso tut er das?»

An ebendiesem Oktobernachmittag saßen Massimo, Luigi und Vito vor der Trattoria, genossen den Herbstsonnenschein und sahen dem vor der gegenüberliegenden Kirche aufgeregt hin und her hüpfenden Bürgermeister dabei zu, wie er sich mal an diese Mauer und mal an jene Säule lehnte, während er mit zunehmend zorniger Stimme seinen Neffen Giorgio dirigierte. Der gab sich, die Digitalkamera im Anschlag, große Mühe, es seinem Onkel recht zu machen. Doch Mario, der Bürgermeister, war nicht zufrieden.

«Du musst näher ran. NÄHER RAN, GIORGIO! Ich will, dass es großartig aussieht!»

Giorgio gab offensichtlich sein Bestes. Er lichtete seinen Onkel nun schon seit einer geschlagenen halben Stunde vor der Kirche, vor dem Brunnen, dem Rathaus, der örtlichen Grundschule, dem Ortsschild und sogar vor der einzigen öffentlichen Toilette Trevisos ab, doch er konnte es seinem Onkel nicht recht machen. Das eine Mal wollte dieser eine Großaufnahme von sich und dem Brunnen, was unmöglich war, denn entweder waren Mario oder der Brunnen groß auf dem Bild zu sehen – beides zusammen überstieg Giorgios Fähigkeiten als Fotograf bei weitem. Das andere Mal verlangte der Bürgermeister ein künstlerisch anspruchsvolles Bild des

Pissoirs, was wiederum die Möglichkeiten des Pissoirs überstieg, denn es war ein Betonbau aus den späten 1970er Jahren.

Die drei Zuschauer aber saßen seelenruhig auf ihren Stühlen und hatten einen Heidenspaß an dem Spektakel, das der Bürgermeister, der wie eine fette Rennmaus über den Dorfplatz wetzte, veranstaltete.

«Giorgio kann einem wirklich leidtun», sagte Massimo. Doch trotz eines gewissen Mitleids, das die drei für den armen Giorgio hegten, amüsierten sie sich großartig und feuerten den Bürgermeister zwischendurch immer wieder an, sich in noch überschwänglicheren Posen an die alte Mauer links neben der Kirche zu lehnen und so «eins zu werden mit dem Stein», wie Mario es ausdrückte.

«Ja, Bürgermeister, zeig es uns! Werde eins mit dem Felsbrocken da!», krakeelte Vito, während dem armen Luigi vor Lachen schon die Tränen über die Wangen liefen und er nach Luft schnappte. Das hielt Mario aber nicht davon ab, mit seinem Auftritt fortzufahren, und er scheuchte Giorgio nur noch heftiger hin und her und war voll in seinem Element. Der Bürgermeister brüllte, Giorgio schwitzte, die Männer lachten. Genau in dem Moment bog Maria um die Ecke, und weil die ausgelassene Stimmung gerade ihren Höhepunkt erreichte und weil Massimo leider ein wenig taktvoller Mensch war, drehte er sich zu Luigi um, stieß ihn mit dem Ellbogen an und sagte: «Luigi, das ist die Gelegenheit! Frag doch mal den Starfotografen da, ob er nicht ein schönes Hochzeitsfoto von euch zwei Hübschen machen will!»

Alle hatten es gehört. Luigi fühlte, wie sich Freude und Scham in seinem Inneren ausbreiteten, und ein Blick auf Maria genügte ihm, um zu wissen, dass es ihr ebenso erging. Was sollte er tun? Binnen eines Augenblicks entschied er, dass es an der Zeit war zu handeln. Er stand langsam von seinem Stuhl auf, holte tief Luft und ging zu Maria hinüber.

«Darf ich Sie auf einen Kaffee einladen?»

Maria, selbst vollkommen überrumpelt, lächelte und nickte ihm zu, woraufhin Luigi ihren linken Arm ergriff und zusammen mit seiner neuen Liebe die Trattoria betrat. Massimo riss sich von dem Schauspiel des immer noch posierenden Bürgermeisters los und folgte den beiden ins Lokal, wo Luigi und Maria eine knappe Stunde beinahe sprachlos einander gegenübersaßen, unendlich glücklich über die Gegenwart des anderen und nicht wissend, wie es weitergehen sollte.

Auf der Homepage von Treviso, die in der darauffolgenden Woche online war, fanden sich auffällig viele Fotos eines älteren Herrn im gutsitzenden Anzug, der in betont dynamischer Körperhaltung an einer Bedürfnisanstalt lehnte.

10

Auf dem Heimweg dachte der Supermarktbesitzer Vito darüber nach, was ihm sein Freund Massimo vor der Showeinlage des Bürgermeisters gesagt hatte: «Vito», hatte Massimo ihm geraten, «du solltest über eine Erweiterung deines Ladens nachdenken. Sehr bald schon werden unzählige Touristen nach Treviso kommen, um sich unser kleines Wunder anzusehen, und dann machen wir zwei das Geschäft unseres Lebens!» Und Vito war überzeugt, dass Massimo recht behalten würde.

Tatsächlich hatte Vito bereits vor drei Wochen eine Bestellung in Auftrag gegeben, die er nur mit Müh und Not vor seiner Frau hatte verbergen können, bis Anna gestern dahinterkam, dass er eine exorbitant hohe Summe für ein Produkt ausgegeben hatte, das die seltsame Artikelbezeichnung «weibl. Fig., Plast. lackiert» trug. Und da sie schon Unanständiges vermutete, musste er ihr gestehen, dass er dreitausendfünfhundert Stück einer Minimadonnenstatue aus Taiwan bestellt hatte – und so einiges mehr. Vito war eben Geschäftsmann, und als solcher hatte er ein gutes Gespür für die Bedürfnisse seiner Kunden.

Auch Massimo hatte sich auf den Ansturm von christlichen Pilgern in Treviso eingestellt, indem er den obersten Stock über seiner Trattoria in fünf kleine Gästezimmer umgebaut hatte, mit einem gemeinsamen Bad, in dem die Dusche tropfte, und einem gebrauchten Elektroboiler. Einwände seines Sohnes, dass etwas mehr Komfort vielleicht angebracht wäre, hatte er mit «Es sind Pilger! Die wollen das so!» quittiert.

Wenn die Touristen also bei Massimo essen, trinken und schlafen würden, dann könnten sie doch bei Vito neben Kaugummis, Wasserflaschen, Taschentüchern und Keksen natürlich auch Andenken erwerben. Nun hatte man schon eine weinende Madonna – dann sollte die sich doch auch irgendwie vermarkten lassen! Vito ließ ein weiteres Verkaufsregal aus Castello kommen, das er im Laden gleich neben der Kasse aufstellte und mit Plastikmadonnen, ewigen Lichtern, hölzernen Kruzifixen und bunten Glasphiolen für die Tränen der Madonna füllte. Seine größte Sorge war nur, was Anna dazu sagen würde. Aber seine Frau überraschte ihn mit einem kurzen Achselzucken und dem Kommentar, dass er wohl doch nicht so dumm sei, wie man manchmal annehmen könne, und dass das alles in allem wohl eine vernünftige Investition gewesen sei. Damit hatten die Plastikmadonnen ihren Segen erhalten und glitzerten nun in Blau, Gold und Weiß, das Stück zu drei Euro fünfzig, aus dem neuen Regal des örtlichen Supermarktes von Treviso.

11

Wann würde sie wohl abreisen? Don Antonio beschäftigte diese Frage schon seit geraumer Zeit. Gewiss, sie war seine Schwester, und er hatte sie gern, auf seine Weise … Aber sieben Wochen und drei Tage waren doch nun wirklich zu lang für einen Besuch. Da begriff Don Antonio plötzlich, dass Maria ihre Abreise nicht nur immer wieder hinauszögerte und dafür die fadenscheinigsten Vorwände fand («Du isst zu ungesund – ich koch dir mal was Anständiges!»), sondern dass sie vielmehr beabsichtigte zu bleiben. Für immer. Dagegen konnte er rein gar nichts unternehmen, und wenn er darüber nachdachte, dann war es ihm insgeheim sogar ganz recht, nicht mehr allein zu sein.

Seit Rosa ihm nicht mehr den Haushalt führte, war er mit der Pfarrei reichlich überfordert, und im Grunde war es doch sehr schön, jemanden bei sich zu haben, mit dem man am Abend zusammen die Nachrichten sehen, Karten spielen oder einen späten Abendspaziergang unternehmen konnte. Natürlich hatte er auch von den Gerüchten um Luigi, den Friseur, und seine Schwester gehört. Was ihn daran am meisten verwunderte, war die Tatsache, dass es ihn so überhaupt nicht störte. Er mochte Luigi, und Maria könnte es schlechter treffen, als in dem friedliebenden Friseur Trevisos eine späte Liebe zu finden.

All das dachte Don Antonio an diesem Oktoberabend, und er fühlte, wie sich sein Inneres vor lauter Großmut zu weiten begann. Ja, er würde seiner Schwester sagen, dass sie auch für längere Zeit in seinem Heim willkommen sei und dass er nichts dagegen habe, wenn sie weiter für ihn koche, putze und einkaufe. Und er würde ihr sagen, dass er auch nichts gegen eine Liaison mit dem Friseur habe.

Als Maria am späten Nachmittag nach Hause kam, eine Plastiktasche mit Gemüse, Brot und Olivenöl in der Hand, stand ihr im Hausflur unvermittelt ihr Bruder gegenüber, der ihr in grobem Tonfall mitteilte, sie solle um Himmels willen bleiben, wenn sie das denn unbedingt wolle, er ertrage sie schon noch länger, und was zur Hölle denn das ganze Gemüse solle, er sei doch kein Kaninchen. Und überhaupt, was denke sie sich eigentlich dabei, in der Öffentlichkeit so herumzupoussieren, sie sei doch keine sechzehn mehr.

Maria stellte in aller Seelenruhe ihre Taschen ab, blickte ihren Bruder an und sagte: «Danke, mein Tag war auch schön. Es gibt heute Fenchelgemüse. Und wie geht es dir?» Don Antonio antwortete, es gehe ihm blendend, und Fenchelgemüse sei seine Leibspeise. Dann klingelte das Telefon, und er musste einer norwegischen Reisegruppe erklären, dass Treviso keinen Bahnhof hatte, auch wenn die Trenitalia etwas anderes behauptete, und er fragte sich, wann die bei der Bahn wohl endlich auf die Idee kämen, dass es in Italien mehrere Orte mit dem Namen Treviso gab.

12

Natürlich war sie keine sechzehn mehr. Es war nicht notwendig, sie daran zu erinnern. Insgeheim ärgerte sich Maria aber über den Ausspruch ihres Bruders, denn sie fühlte sich bei etwas ertappt, das doch im Grunde etwas Wunderbares war. Sie war dreiundsechzig Jahre alt, trug gern bequeme Röcke in dunklen Tönen und bunte Blusen, ihre Haarfarbe hatte sich bei Mausgraubraun eingependelt, und weil sie Venenprobleme hatte, trug sie immer Stützstrümpfe. Aber sie lachte gern und oft. Sie trank auch hin und wieder ein paar Gläser, was sie sehr genoss. Und sie unterhielt sich gern mit anderen Menschen. Maria mochte es überhaupt, unter Leuten zu sein, und sie genoss die Gesellschaft Luigis und seine Aufmerksamkeit, denn es hatte sich schon sehr lange kein Mann mehr um sie gekümmert.

Sie hatte früh geheiratet und ihren Mann auch sehr früh wieder verloren. Das war in den 1960er Jahren gewesen. Sie hatte getrauert, sie hatte geklagt, aber nach einer Weile hatte sie beschlossen, sich ihrem gemeinsamen Sohn zu widmen, den sie Antonio, nach ihrem Bruder, genannt hatten, und er machte ihr gleichermaßen Freude, wie er für Aufregung in Marias Leben sorgte. Ob schulische Probleme oder Kinderkrankheiten, immer nahm sie es hin als einen Teil ihres Lebens, in dem Antonio der Mittelpunkt war. Daran hätte sich nie etwas ändern sollen.

Antonio starb bei einem Unfall mit seinem Moped,

da war er gerade achtzehn Jahre alt. Maria starb mit ihm. Sie hörte auf zu lachen, sie hörte auch irgendwann auf zu weinen, und letztlich hörte sie auf zu essen, sich zu waschen und an die Luft zu gehen. Ihre Familie kümmerte sich, man redete ihr gut zu, was Maria nicht half, ihre Familie aber beruhigte. Sie hatten ein schlechtes Gewissen – Mann Krebs, Sohn Unfalltod, was konnte man der Armen noch Gutes tun?

Maria aber wollte nicht, dass man ihr Gutes tat. Sie wollte die Trauer und den Schmerz, es war die Verbindung zu ihrem Sohn. Sie wollte sich aufgeben können. Doch nach einigen Wochen bemerkte sie, dass sie nicht den Mut hatte, sich umzubringen, und begann langsam wieder zu essen. Sie wusch sich das Haar und das Gesicht und ging einkaufen. Sie kochte. Sie aß. Sie schlief. Es wurde nie wieder gut, es wurde nur anders.

Nach Monaten kam plötzlich das Lachen zurück, eines Abends beim Fernsehen, eine billige amerikanische Komödie, und Maria wunderte sich selbst, dass sie es konnte. Sie begann, alte Freunde zu besuchen, sich um ihre Familie zu kümmern, und war eine fürsorgliche Tante, Schwester und Schwägerin. Letztlich zog sie sogar in ein Zimmer ins Haus ihrer Schwester in Castello. Es wurde nie ein Zuhause daraus, aber sie war gern dort. Bis zu diesen Tagen, in denen sie bemerkte, dass sie bleiben wollte, hier, in Treviso. Also blieb sie.

13

Salvatore Tarlo hatte ein Problem: Er bekam keine Anerkennung für seine Arbeit. Der Pater hatte zwar mehrfach betont, wie «unglaublich» er den von ihm entwickelten Mechanismus fand, wobei er niemals die Worte «gut» oder gar «hervorragend» benutzte, aber das war dann auch schon alles. Und obgleich das ganze Dorf rätselte, wie der Pater es angestellt hatte, die Madonna zum Weinen zu bringen, kamen doch nur wenige auf die Idee, Salvatore Tarlo hinter dem Wunder von Treviso zu vermuten, und hüteten sich erst recht davor, ihn darauf anzusprechen. Das tat seinem Ego alles andere als gut, denn Salvatore brauchte, so wie jeder andere Mensch auch, von Zeit zu Zeit ein wenig Lob. Es gab nur wenige Menschen, die verstehen würden, was für eine großartige technische Leistung hinter der weinenden Madonna stand, und natürlich war ihm auch bewusst, dass er sein Geheimnis für sich behalten musste, wollte er das ganze Unternehmen nicht gefährden.

Das Bedürfnis, sich mit jemand anderem, jemand Zugänglicherem als Don Antonio, darüber auszutauschen, wuchs von Tag zu Tag, und Salvatore ergriff die erstbeste Gelegenheit, die sich ihm dazu bot. Es gab nur eine Person, der er in dieser Hinsicht traute und die er für mindestens so verschwiegen hielt wie den Pater, wenn nicht gar für verschwiegener.

Wie jeden Samstag war Markttag, und wie jeden Samstag stand Salvatore mit seinen Madonnen, Delphinen und anderem Schnitzwerk auf dem Marktplatz von Treviso und sah dem Treiben zu, das nur selten bis zu seinem Stand vordrang. Irgendwann machte er es sich mit einer Zeitung gemütlich und las konzentriert die Sportnachrichten, als Maria plötzlich vor ihm stand, mit einer Tüte Zucchini im Arm.

«Ich wollte mich noch einmal für Ihre ausgezeichnete Arbeit bedanken. Die Tür funktioniert hervorragend. Es ist fast ein Wunder, was Sie daraus gemacht haben.» Sie lächelte.

Salvatore blickte auf. «Das freut mich, Signora. Ich hab mir alle Mühe gegeben.» Und er lächelte immer noch, als er sich sagen hörte: «Wunder sind mein Metier!»

Wenn Maria es nicht schon vorher geahnt hatte, dann wusste sie jetzt ganz sicher, wessen Hilfe sich ihr findiger Bruder bedient hatte, und es überkam sie ein Gefühl der Bewunderung und Zuneigung für Antonio, wie sie es schon seit Jahrzehnten nicht empfunden hatte. Was war er doch für ein Schlitzohr! Maria neigte sich etwas über Salvatores Stand, was der schweren Zucchini-Tüte wegen nicht ganz einfach war, und flüsterte ihm vernehmlich zu: «Ich weiß, Signor Tarlo, ich weiß. Und Sie sind ein wahrer Meister Ihres Fachs!» Dann drehte sie sich um und ging in Richtung Pfarrhaus davon.

Salvatore aber hatte endlich die Bestätigung erhalten, die er brauchte, und weil es ein so schöner Tag war, gab er der Witwe Bossato dreißig Prozent Rabatt auf einen Delphin.

14

«Nein, das mache ich nicht! Das Ding hat mir schon meine Hochzeit versaut, da werde ich nicht auch noch Feuerwehr für dich spielen, Onkel. Nein, nein und nochmals nein!» Luisa war gekränkt. Wie konnte ihr Onkel Antonio erwarten, dass sie für ihn als Sekretärin einsprang, wenn doch auf ihrer Hochzeit nicht sie, sondern diese Madonnenfigur alle Aufmerksamkeit auf sich gezogen hatte? Und das bei dem Kleid! Sie hatte es extra nach einem Modell aus dem Brautmagazin *Sposa* schneidern lassen. Nein, das konnte er nicht von ihr erwarten.

«Bitte, Kind, ich weiß mir nicht mehr zu helfen!» Don Antonio war bereit, Luisa zur Not auch auf Knien anzuflehen, nachdem heute Morgen drei Anrufe aus Deutschland gekommen waren, die damit geendet hatten, dass ihn eine pilgerwillige Touristin aus Hessen entnervt durchs Telefon angebrüllt hatte. Seitdem fürchtete sich Don Antonio vor pilgerwilligen Hessinnen.

Luisa konnte das alles wenig überzeugen. Erst als ihr Onkel ihr einen anständigen Stundenlohn für ihre Dienste in Aussicht stellte, ließ sie sich erweichen und nahm von nun an zwischen acht Uhr morgens und vier Uhr nachmittags die Anrufe von Pilgern aus aller Welt entgegen, die nach Treviso reisen wollten, um das Wunder der weinenden Madonna zu bestaunen.

Es war bereits kurz nach Veröffentlichung der ersten Zeitungsartikel losgegangen, als aus den umliegenden

Dörfern die Menschen den Weg nach Treviso fanden – und das war, wie gesagt, dank der Castellesen gar nicht so einfach. Es gab nur den Bus der Linie 174 von Castello nach Treviso, und wer es wagte, sich Treviso mit dem eigenen Auto zu nähern, musste feststellen, dass es im Ort an Parkplätzen mangelte, denn es gab derer nur drei, und die waren vor Vitos Laden und damit häufig von Lieferfahrzeugen und Vitos Kunden besetzt. Dennoch hatten im Oktober nicht weniger als vierhundertdreiundneunzig Gläubige ihren Weg nach Treviso gefunden, für den darauffolgenden Monat hatten sich schon ganze fünfhundertdreiundzwanzig angemeldet, und der große Ansturm würde wohl erst gegen Weihnachten einsetzen. Bis dahin nutzten die Bürger die Gelegenheit, sich auf die Pilger vorzubereiten.

Es herrschte ganz allgemein eine aufgeregte Stimmung in Treviso, denn jeder erwartete sich etwas vom Wunder der weinenden Madonna. Was genau das war, konnten viele der Einwohner gar nicht sagen, sie ließen sich aber gerne von denen mitreißen, die sich ganz aktiv daranmachten, von der neuen Situation im Ort zu profitieren. Abgesehen von Vito, der sein Ladensortiment erweiterte, und Massimo, der von einer Zukunft als Hotelier träumte, sprangen auch andere auf den fahrenden Zug des Pilgerkapitalismus auf. So führte die schlechte Enoteca seit neuestem einen Wein, dessen Etikett das Bild der weinenden Madonna zeigte und der den ominösen Namen «Tränen der Muttergottes» trug, in Wahrheit aber nichts anderes als einen besonders billigen und säuerlichen Rioja aus Spanien enthielt, den man auf dem Großmarkt im Plastikkanister zu zehn Litern kaufen konnte, und der, in besagte Flaschen umgefüllt, ganze sieben Euro und neunundvierzig Cent kosten sollte.

Der Bürgermeister Mario war ohnehin seit Wochen außer Rand und Band und betrieb Tourismuswerbung für seinen Ort, wo er nur konnte. Das ging so weit, dass er auf eigene Kosten T-Shirts mit der Aufschrift «Komm nach Treviso und weine mit uns!» drucken ließ. Fortan hatten alle Mitarbeiter der Gemeinde, von Marios Sekretärin über die Straßenräumung bis hin zu ihm selbst, täglich in den T-Shirts herumzulaufen. Aufgrund von Bürgermeister Marios nicht geringem Körperumfang handelte er sich damit den Spitznamen «Erstes regierendes Salzfass» ein, da die T-Shirts aus billigem Synthetikstoff waren und der Bürgermeister darin besonders stark schwitzte.

Doch nicht nur die Aussicht auf finanziellen Profit beflügelte die Dorfbewohner, es war vielmehr der Geist von Veränderung, der das Dorf durchströmte, was die einen nervös, die anderen freudig erregt und wiederum andere zu wahren Enthusiasten werden ließ. Don Antonio gehörte der ersten Kategorie an, denn er lebte in ständiger Furcht, entlarvt zu werden. Die Geschäftsleute Trevisos waren eindeutig Vertreter der zweiten oder dritten Kategorie. Es gab aber auch zwei Menschen im Ort, die weit weniger mit dem Wunder der weinenden Madonna als mit sich selbst beschäftigt waren und die dennoch ganz eindeutig zu den besonders fröhlich gestimmten Einwohnern zählten.

15

Er war ernüchternd, dieser Blick in den Kleiderschrank, der einem sagte, dass man seit genau dreizehn Jahren keinen neuen Anzug mehr gekauft hatte. Und ein Blick in den Spiegel verriet Luigi, dass er dies wohl besser einmal getan hätte, denn er fühlte sich entsetzlich unmodern gekleidet, gerade für einen Friseur. Trug man noch Hellgrau? Und was zum Teufel war das für eine elende Krawatte? Brauchte er die wirklich? Mit einem kräftigen Ruck löste er den Knoten seines grau-orange gestreiften Schlipses, zog ihn über den Kopf und warf ihn auf den Küchentisch. Nun fühlte er sich besser. Wenn er den obersten Knopf seines Hemdes öffnete, sah er fast leger aus. Oder war das jetzt zu leger? Himmel, warum musste er sich über so etwas in seinem Alter noch einmal Gedanken machen? Und dieser Bauch! Wann hatte er sich diesen Bauch angefressen? Aber mal im Ernst: Wovor sollte er sich fürchten? Sein Herz hatte er schon fast verloren, konnte es noch schlimmer kommen?

Luigi atmete tief durch, warf noch einen kurzen Blick auf die Nachrichten im Fernsehen, knipste dann das Gerät aus und verließ das Haus. Erst unterwegs zum Brunnen, wo sie verabredet waren, bemerkte er, dass er die Blumen, die er vorher extra in Castello besorgt hatte, vergessen hatte.

Maria dagegen hatte ein echtes Problem, denn was sollte sie nun unter dem Ausdruck *etwas trinken gehen* verstehen? War das jetzt ein Rendezvous oder ein geselliger Abend zu zweit ohne Verpflichtungen und Hintergedanken? Und was von beidem war ihr eigentlich lieber? Maria überlegte lange und entschied sich, dass sie darüber jetzt nicht nachdenken wollte. Sie schlüpfte in das sorgsam ausgewählte Kostüm und griff zu ihrer Handtasche, als sie die Stimme ihres Bruders vernahm, der sich erkundigte, ob sie denn in den nächsten zwei Stunden zurück sei. Erst da nahm sich Maria vor, dass es ein langer Abend werden würde. Sie ließ ihren Bruder mit nichts als einem Lächeln in der Tür stehen und zog in Richtung Marktplatz los, wo sie um halb neun mit Luigi verabredet war. Und sie beschloss, dass es ein Rendezvous werden würde.

Am Brunnen angekommen, musste Luigi nicht lange warten. Maria traf nur wenige Minuten nach ihm ein.

«Ich hab deine Blumen zu Hause vergessen, Maria», entschuldigte er sich.

«Oh, das macht nichts, die können wir ja vielleicht später abholen», antwortete sie und blickte ihm dabei direkt in die Augen. Wie durch ein Wunder hielt er ihrem Blick nicht nur stand, er erwiderte ihn sogar, freundlich, herzlich, lächelnd.

«Ja», sagte er nur, «ja, das können wir tun.» Er nahm ihren Arm. Nie war es ihm leichter gefallen, sich ernsthaft zu verlieben, als in diesem Moment, da er sie berührte. Und nie hatte Maria es als so wunderbar empfunden, berührt zu werden, wie an diesem Oktoberabend in Treviso.

Dritter Teil

I

Die Zwölf-Uhr-Messe begann gleich, und der Pater war in Eile, doch zuvor warf er noch einen Blick in den Spiegel. Er hatte sich eine neue Soutane geleistet. Eigentlich hatte er sich sogar drei neue Soutanen geleistet, denn bei dem aktuellen Andrang an Pilgern und den täglichen Messen – mal abgesehen von allen anderen Verpflichtungen – musste er sein Gewand durchaus öfter wechseln als früher. Und seit er sein schlechtes Gewissen entdeckt hatte, schwitzte er noch viel mehr.

Doch bei allem Stress, den das Wunder mit sich brachte, musste er zugeben, dass er den Trubel auch genoss. Nie zuvor hatte er so viele Gläubige betreut, nie zuvor war er so gebraucht und gefordert worden, und nie zuvor hatte er seinen Beruf mit so viel Begeisterung ausgelebt wie in diesen Wochen. Seine Predigten, obgleich immer noch knapp und nüchtern, waren eine Spur witziger als früher und sein Händedruck ein wenig fester. Die Aufregung um das Wunder belebte ihn, und es gelang ihm schließlich, sein Gewissen zu beruhigen. Immerhin hatte er durch das Wunder schon viel Gutes bewirkt. Und so wurde selbst sein Schlaf mit der Zeit ruhiger und weniger von üblen Träumen begleitet als noch in der Planungsphase des Wunders. Don Antonio lernte sich selbst und alle anderen zu belügen, eine durchaus brauchbare Eigenschaft für einen Pfarrer, der nicht selten Trost auszusprechen hatte, wo es eigentlich keinen mehr gab, und der Segen erteilte, wo es vielleicht nicht immer gerechtfertigt war.

Heute war wieder einmal ein guter Tag, denn die Kirche würde zum Bersten voll sein. Im Publikum würden zwei Busladungen von niederländischen Pilgern der katholischen Gemeinde Rotterdam sitzen, und Don Antonio war sehr stolz darauf, «Willkommen in unserer Gemeinde» in mittlerweile sieben Sprachen aufsagen zu können, nämlich in Deutsch, Englisch, Spanisch, Griechisch, Rumänisch, Polnisch und eben Niederländisch. An seinem Französisch feilte er noch, und seit ein paar Tagen übte er den Satz auch auf Kroatisch, denn für übernächste Woche hatte sich eine kroatische Pilgergruppe angekündigt. Alles andere, also Korrespondenz, Organisation, Planung und Betreuung der Pilger, erledigte seine Nichte Luisa, deren Sekretärinnenjob mittlerweile in eine Vollzeitstelle umgewandelt worden war und die daneben auch noch Führungen durch die Ortschaft veranstaltete, einschließlich einer zehnminütigen Besichtigung der Römerstraße Trevisos. Nach anfänglicher Skepsis wusste Luisa allmählich die Vorteile einer festen Anstellung zu schätzen und betrachtete ihr Gehalt als Entschädigung für die missglückte Hochzeit.

Don Antonio konnte also durchaus zufrieden mit sich sein, und wie er sich so in seiner gutgeschnittenen, funkelnagelneuen Soutane im Spiegel betrachtete, huschte ein selbstzufriedenes Lächeln über sein Gesicht. Er verließ das Pfarrhaus, um seines Amtes zu walten. Doch noch während er die von Salvatore gerichtete Eingangstür abschloss, fuhr der Postbote auf dem Hof vor und überreichte dem Pater einen Brief. Binnen Sekunden verwandelte sich der gutgelaunte Pater in ein nervliches Wrack. Und das lag am Absender.

2

Das Geschäft ging blendend. Vito konnte sich nicht daran erinnern, in den vergangenen dreiundzwanzig Jahren, seit er den Laden von seinem Vater übernommen hatte, einen so guten Umsatz gemacht zu haben. Doch nicht nur die üblichen Lebensmittel gingen dieser Tage besonders gut, es waren vor allem die kleinen Madonnenstatuen und Postkarten, die einen reißenden Absatz fanden. Tatsächlich musste Vito zweimal nachbestellen und wartete nun ungeduldig auf die nächste Lieferung aus Taiwan. Zudem hatte er sich noch verkaufsfördernde Mittel überlegt – ein etwas freundlicheres Licht in Gestalt diverser Lichterketten, die er rund um die Kasse herum drapiert hatte, sowie eine ausgesuchte Hintergrundmusik –, von deren positiver Wirkung er bereits überzeugt war.

Vito war kein Kunstkenner, das bewies schon seine

Auswahl an Kalendern, die er vor kurzem um je zwei Sorten mit Madonnen- und Engelsmotiven erweitert hatte, doch er liebte Musik. Nicht, dass er sich tatsächlich mit Opern auskannte, aber in seinem CD-Regal fanden sich einige Aufnahmen großer Tenöre, darunter selbstverständlich auch Pavarotti, der ihn mit «Una furtiva lacrima» jedes Mal sprichwörtlich zu Tränen rührte. Und genau das war es, was Vito bei seinen Kunden erreichen wollte: sie zu Tränen rühren. Denn wer bereit war, zur weinenden Madonna von Treviso zu pilgern, für den war diese Arie wie geschaffen. Deshalb spielte er Donizetti etwa alle zehn Minuten und erhoffte sich damit eine zusätzliche Umsatzsteigerung.

Den ersten Tag fanden das die Kunden – und das waren ja nicht nur die vielen Pilger, sondern auch die Einheimischen – durchaus anregend, und keiner der Bewohner Trevisos konnte sich daran erinnern, dass bei Vito jemals Opernarien gespielt worden wären. Jeder, der länger als zehn Minuten im Geschäft blieb, stellte allerdings erstaunt fest, dass es sich immer um die gleiche Arie handelte. Am zweiten Tag reagierten die Kunden dann schon etwas genervt, am dritten Tag erklärten sie Vito für schwachsinnig. Wer darüber hinaus auch die nächsten Tage Vitos Supermarkt betrat, der hatte resigniert, und es kam tatsächlich vor, dass nach acht Tagen der immer wiederkehrenden Beschallung mit «Una furtiva lacrima» die Melodie ihre Runde durch das Dorf machte. Signora Bossato summte sie beim Blumengießen, Luigis Kundinnen sangen sie leise unter der Trockenhaube, und selbst Don Antonio brummelte sie vor sich hin, wenn er seine Predigten vorbereitete.

Vito spielte immer die gleiche Aufnahme, und sosehr er auch von der verkaufsfördernden Wirkung der Arie überzeugt war, so sehr ging ihm Donizetti mittlerweile selbst auf die Nerven. Dann kam die Rettung in Form eines österreichischen Hofrats, der sich, selbst ein großer Opernfan, sehr begeistert von Vitos Geschäftsidee zeigte und diesem eine Aufnahme derselben Arie in deutscher Sprache überließ. Vito war skeptisch, denn er hatte noch nie zuvor von Fritz Wunderlich gehört, doch der Hofrat versicherte ihm, dass er ein hervorragender Sänger gewesen sei und dass Pavarotti ihn als eines seiner musikalischen Vorbilder gepriesen habe. Da der große Pavarotti somit Fritz Wunderlich persönlich seinen Segen gegeben hatte, wollte sich Vito ihm auch nicht verweigern.

Wenn also zukünftig eine deutschsprachige Reisegruppe das Geschäft betrat, legte Vito statt der Pavarotti-CD Fritz Wunderlich auf, und siehe da – es bewirkte eine dreiundzwanzigprozentige Umsatzsteigerung bei Deutschen und noch immerhin eine achtzehnprozentige bei österreichischen Kunden, und das, obwohl in der deutschen Übersetzung aus der Träne ein schlichter Seufzer geworden war.

Darüber hinaus hatte Vito zumindest in Form der Sprache eine kleine Abwechslung in sein Repertoire gebracht, und fortan hielt Vito Ausschau nach Aufnahmen von «Una furtiva lacrima» in allen bekannten Idiomen und erwarb sie unter anderem auf Französisch,

Slowakisch und Schwedisch. Er machte sich einen regelrechten Sport daraus, beim Eintritt seiner Kunden ihre Landessprache zu erraten, um dann die passende Arienaufnahme abzuspielen, und freute sich an seinem Geburtstag wie ein Kind über eine CD, die ihm sein Sohn überreichte und auf der «Una furtiva lacrima» in nicht weniger als vierzehn Sprachen gebrannt war.

3

Neben seinem Kunsthandwerkerstand auf dem Markt von Treviso und gelegentlichen Aufträgen als Schreiner oder Tischler übte Salvatore Tarlo auch noch einige andere Tätigkeiten aus. So war er Vorsitzender des Vereins zur Erhaltung der Römerstraße Trevisos, einziger, amtlich geprüfter Imker des Ortes, arbeitete gelegentlich an der örtlichen Grundschule als Aushilfslehrer im Werkunterricht und betätigte sich zudem als Ferienvertretung bei der Post.

In dieser Funktion fiel es Salvatore vom 2. bis 27. November zu, die Post für ganz Treviso zu sortieren, und es entging ihm nicht, dass Don Antonio in der letzten Zeit auffällig häufig Briefe aus dem Vatikan erhielt. Des Weiteren war ihm nicht entgangen, dass diese Briefe immer öfter Vermerke wie «dringend», «sehr dringend» oder gar «außerordentlich dringend!» trugen. Nachdem er bereits den fünften Brief mit einem solchen Vermerk ins Fach des Pfarrhauses einsortiert hatte, riss ihm der Geduldsfaden, und er schwang sich noch am selben Nachmittag auf seine Vespa und stattete Don Antonio einen überraschenden Besuch ab. Ganz gegen seine Gewohnheit kam Salvatore recht schnell zur Sache.

«Was sind das für Briefe in letzter Zeit? Ich meine: Der Vatikan? Was will der Vatikan von dir?»

Der Ausdruck in Don Antonios Augen gab Salvatore Tarlo recht: Es war etwas im Busch, und da er als gläubiger Atheist davon überzeugt war, dass aus Rom noch nie etwas Gutes gekommen war, war nun auch Salvatore Tarlo beunruhigt.

Don Antonio ging zu seinem Schreibtisch und zog aus der Schublade einen kleinen Stapel Briefe hervor. Wortlos reichte er sie an Salvatore weiter. Als dieser mit dem Lesen fertig war, blieb ihm nur noch eines zu sagen: «Heilige Scheiße!» Und da konnte ihm Don Antonio ausnahmsweise mal nur zustimmen.

4

Auch in Castello della Libertà machte man sich weiter Gedanken über die unliebsamen Geschehnisse im Nachbardorf. Wie sollte man den Strom der Sakraltouristen nach Treviso nur abschneiden, wenn nicht einmal die zeitweilige Straßensperrung ausreichte, um die Pilger auf Dauer von der weinenden Madonna fernzuhalten? Aber vielleicht musste man sie gar nicht fernhalten, vielleicht musste man sie nur davon überzeugen, dass auch Castello della Libertà seine Vorzüge besaß?

In einer ungewöhnlichen Mission machten sich am 28. November der Bürgermeister von Castello, Emmanuele Benito Longhi, und einige Mitglieder seines Gemeinderats auf den Weg nach Treviso zum Bürgermeister Mario Fratelli. Der war gerade dabei, sein drittes Frühstück einzunehmen, bestehend aus einem Caffè Coretto, angereichert mit einem riesigen Glas Grappa, und einigen Keksen, und er war gelinde gesagt überrascht von dem unerwarteten Besuch seines Amtskollegen.

«Was kann ich für Sie tun?», wandte sich Mario an Emmanuele Benito Longhi und seine drei Handlanger, die in seinem Büro Platz genommen hatten und die er wohl oder übel gleichfalls mit Caffè Coretto und Biscotti bedienen lassen musste.

«Signor Fratelli, ich komme in dringlicher Mission. Wie Sie ja wissen, ist Treviso in den letzten Wochen plötzlich und für uns alle unerwartet in den Mittelpunkt des öffentlichen Interesses gerückt. Die weinende Madonna», und bei dem Wort «weinende» zog Bürgermeister Longhi ironisch die Augenbrauen hoch, «hat in kurzer Zeit eine Menge Touristen angelockt. Das ist natürlich erfreulich für Treviso, aber ...» Mario war sich nicht im Klaren, worauf der Bürgermeister von Castello hinauswollte, nickte aber weise lächelnd zu den Aussagen seines Gegenübers und fragte sich insgeheim, wann und wie er die Herren schnellstmöglich wieder loswerden konnte. Einen dringenden Termin vortäuschen? Familiäre Verpflichtungen?

Immer lächeln, Mario, immer lächeln, sagte er sich im Stillen, während er weghörte. Und dann dachte er noch: Emmanuele Benito Longhi, du bist wirklich der größte Idiot unter der Sonne und redest nur Mist. Wieso muss ich mich überhaupt mit dir befassen, du alternder Faschistenarsch aus Castello della Leckmichichhördirehnichtzu. – Das hätte Mario Fratelli aber besser getan, denn dann hätte er gewusst, was Longhi von ihm wollte, als der seine Ausführungen mit den Worten schloss, er hoffe ganz auf Marios Zustimmung.

«Äh, nun ja …», antwortete Mario Fratelli und überlegte fieberhaft, was ihm der Bürgermeister von Castello gerade vorgeschlagen hatte. Ach, egal, erst mal alle Entscheidungen verschieben!

«Herr Bürgermeister», und bei diesen Worten erhob sich Mario, knöpfte sein Jackett zu und reichte Emmanuele Benito Longhi die Hand, «Sie werden verstehen, dass ich keinerlei Entscheidungen treffen kann, ohne den Gemeinderat mit dieser Frage zu betrauen. Bitte haben Sie etwas Geduld. Ich melde mich dann gegebenenfalls bei Ihnen.»

«Gewiss, gewiss. Ich hoffe, ich höre sehr bald von Ihnen. Und grüßen Sie mir Ihre Frau Gemahlin.» Und damit waren Emmanuele Benito Longhi und seine drei schweigenden, aber umso eifriger nickenden Gesellen auch schon wieder aus dem Büro des Bürgermeisters Mario verschwunden. Der wandelte ins Vorzimmer zu seiner Sekretärin Silvia und holte sich gerade eine weitere Portion Kekse ab, als Silvia plötzlich in die Luft ging.

«So ein unverschämter Bastard!» Mario war richtiggehend erschrocken ob des emotionalen Ausbruchs seiner sonst so gelassenen Assistentin. «Was fällt dem eigentlich ein?» Und nun fragte sich Mario tatsächlich, was denn um Himmels willen dieser Longhi zu ihm gesagt hatte. Silvia schien es jedenfalls zu wissen. Also pflichtete Mario ihr schuldigst bei und fragte sie, wie sie denn die Sache sehe, woraufhin seine Sekretärin ihm erklärte: «Also, wenn dieser Faschist glaubt, er kann uns dazu bringen, das Wunder von Treviso an ihn abzutreten, indem wir großartig verkündigen, dass Mussolini damals die Madonna gestiftet hätte, dann hat er sich geschnitten!»

An diesem Tag beschloss Mario Fratelli, nie wieder vor ein Uhr mittags Caffè Coretto zu trinken, denn wenn das nächste Mal so ein Hurensohn seinen Arsch in sein Büro bewegte, dann würde er nüchtern genug sein, um denselbigen mit einem Tritt hinauszubefördern.

5

Es begann sich zu verändern, ganz langsam nur, aber doch für alle sichtbar. Treviso wurde zu einem lebendigen Ort. Zuerst waren es nur Kleinigkeiten, etwa dass man die Straßenbeleuchtung statt gegen elf erst gegen zwei Uhr nachts abdrehte, wodurch sich die Pilger in Treviso sicherer fühlten, man aber gleichzeitig etwas schlechter schlief. Dann war es die Müllabfuhr, die nicht mehr nur einmal im Monat, sondern jede zweite Woche kam, wodurch das Dorf ein bisschen sauberer wurde und besser roch. Und dann kamen die großen Veränderungen, wie zum Beispiel die Wiedereröffnung des Blumengeschäfts. Ernesto Brasini hatte doch noch einen Nachfolger gefunden, seinen Neffen dritten Grades aus Positano, der mit seiner jungen Familie nach Treviso zog. Nun musste man die Blumen für den Altar, die Blumenspenden der Pilger und seine Topfpflanzen für den Balkon nicht mehr vom Händler in Castello beziehen, sondern konnte sie vor Ort kaufen.

Mario Fratelli hatte das Pissoir neu streichen und instand setzen lassen, das heißt, es war jetzt kotzgrün statt ockergrau und nahm sich damit im Ortsbild in etwa so gut aus wie ein dreckiger Gummistiefel in der Auslage bei Salvatore Ferragano, aber immerhin hatte man wieder eine funktionierende öffentliche Toilette, und das war doch auch schon etwas. Die örtliche Grundschule hatte ihre Schaukästen neu dekoriert und Bilder von der weinenden Madonna, gezeichnet von der Klasse 3b, hineingehängt. Und nicht zuletzt hatte man ein großes Spruchband über den Ortseingang gespannt, unter dem jetzt die zwei bis drei Reisebusse parkten, die täglich ihren Weg nach Treviso fanden, und auf dem geschrieben stand: «Treviso heißt seine Pilger herzlich willkommen!»

Eigentlich aber waren es die Pilger selbst, welche die bei weitem größte Veränderung des Ortsbildes bewirkten, denn sie waren quasi überall anzutreffen: in Vitos Supermarkt, in Massimos Trattoria, im Blumenladen, auf dem Marktplatz und natürlich in und um die Kirche von Treviso. Es waren kleine, freudig willkommen geheißene Fremdkörper in der tourismushungrigen Gemeinde, die man gewinnbringend glücklich machen wollte. Und sie ließen es tatsächlich mit sich machen. Sie aßen und schliefen bei Massimo, sie kauften bei Vito, ja sie gingen sogar zu Luigi, um sich kurz entschlossen neu frisieren zu lassen. Begeistert fotografierten sie die pittoresken Ecken des Dorfes, als da wären das Rathaus, die Blumenkästen der Signora Fiorentini und die Katze der Bürgermeistersgattin, und sie schwelgten in dem, was Treviso zu bieten hatte, nämlich relativ gutes Essen, eine freundliche Atmosphäre und die bereits mehrfach erwähnte Römerstraße.

Höhepunkt eines jeden Pilgeraufenthalts war natürlich der Besuch einer Messe in der Kirche von Treviso, wo man die weinende Madonna sehen und zu ihr beten konnte. Nicht wenige fuhren kurze Zeit später, um ihr Pilgerurlaubsgeld erleichtert, aber dafür um eine spirituelle Erfahrung reicher, wieder nach Hause und waren zufrieden.

Eigentlich war alles so, wie es sich Don Antonio erträumt hatte. Wären da nicht diese Briefe gewesen!

6

Lieber Mitbruder,

nach einem uns vorliegenden Bericht und vorläufigem Gutachten durch Bischof Lorenzo Santini wurde uns zur Kenntnis gebracht, dass sich in der Pfarrei von Treviso die folgende außernatürliche Erscheinung ereignet haben soll:

C.5.551 weinende Madonna, Tränen blutrot
Kategorie: Mad.-Stat./200111

Wir bitten Sie, die beigelegten Formulare P3.441, G4.441 sowie die Formulare Mad/Stat. C551-C555 auszufüllen, damit eine baldige Überprüfung des Vorfalls durch unsere Kommission erfolgen kann, und weisen Sie darauf hin, dass sämtliche Veröffentlichungen, Publikationen, Werbung etc. in Printmedien, Funk, TV, Internet etc. die genannte Erscheinung betreffend mit sofortiger Wirkung und unter Strafandrohung zu unterlassen sind, bis ein Urteil der Kommission vorliegt. Bei Rückfragen wenden Sie sich bitte an die untengenannte Stelle.

Mit gesegnetem Gruß,
Francesco de Renzi, Beauftragter der Untersuchungskommission des Vatikans

Das war der erste Brief. Don Antonio beschloss, so zu tun, als hätte er ihn nicht erhalten. Dann kam der zweite Brief, in dem er wiederholt zum Ausfüllen diverser Formulare aufgefordert wurde. Auch den ignorierte Don Antonio geflissentlich. Der dritte Brief war schon wesentlich unfreundlicher als die beiden Vorgänger, und Don Antonio bekam Magenschmerzen, wenn er las:

> *… bitten daher dringend um Beantwortung unserer Schreiben vom … und fordern Sie unverzüglich auf, alles zu unterlassen, was einer Bewerbung der genannten Erscheinung gleichkommt. Sollten Sie unserer Forderung nicht nachkommen, droht in diesem Fall ein Verfahren nach Artikel 33c.*

Don Antonio las im Kleingedruckten nach, was Artikel 33c bedeutete: Es war die Ankündigung seiner bevorstehenden Exkommunikation. Von diesem Tage an war Maria nicht mehr die einzige Person im Haushalt, die sich ab und an ein Glas Wein zu viel gönnte. Doch es kam noch schlimmer.

Einen Tag nachdem Salvatore Tarlo Don Antonio aufgesucht hatte, weil er sich ernstlich Sorgen um seinen Freund machte, kündigte der Vatikan sich in Person des Abgesandten Francesco de Renzi höchstpersönlich an, und zwar für Mittwoch, den 20. Januar, gegen 10 Uhr. Sowohl Salvatore als auch Don Antonio war klar, was sie zu tun hatten, und es würde ihnen unter den gegebenen Umständen nicht schwerfallen, das achte Gebot zu brechen. Sie hofften inständig, dass dies ausreichen würde, um den vatikanischen Kommissar zu überzeugen, denn wenn nicht, dann wäre es mit der Seelenruhe für immer vorbei.

7

Sie liebte seinen Duft. Noch nie, so empfand sie es, hatte ein Mann in ihrer Nähe so gut gerochen. Als Friseur besaß Luigi schon berufsbedingt ein Händchen für die richtige Pflege, aber Maria war sich ganz sicher, dass sie sich allein aufgrund seines natürlichen Aromas in ihn verliebt hatte. Luigi duftete nach Meer, was ihn, hätte sie es ihm verraten, sicher sehr gewundert hätte, denn sie konnte nicht wissen, dass er nicht in Treviso, sondern in der Umgebung von Neapel geboren worden war. Er hatte es ihr nie gesagt, denn was spielte es schon für eine Rolle, war Luigi doch bereits im Alter von achtzehn Jahren als Wanderarbeiter nach Treviso gezogen. Im Übrigen hörte man es ihm auch nicht an, dass er aus dem Süden kam, denn er hatte nicht mal einen Akzent. Doch das Meer war bei ihm geblieben, und Maria liebte es, wenn er sie beim Abschied auf die Wangen küsste und sie, nachdem man sich längst für den Abend adieu gesagt hatte, noch ein Stück weit seinen Duft an sich trug, ganz so wie seine Stimme in ihren Ohren nachhallte, die weder auffallend noch besonders tief und schon gar nicht musikalisch war, aber sie verriet Luigis sanfte Seele, und damit klang sie für Maria nach Wärme und innerer Freude und war Grund genug, um sich noch mehr über ihre Verbindung zu freuen. Sie war verliebt, kein Zweifel, und sie genoss dieses Gefühl von Tag zu Tag mehr.

Aber da war auch noch etwas anderes, etwas längst Begrabenes, das sich nach Begierde anfühlte und Maria eine Ahnung davon verlieh, wie es hätte sein sollen, wäre ihr Mann damals nicht gestorben. Dies noch einmal zu spüren, war unglaublich, und sie berauschte sich an dem Gefühl. Alles Alltägliche begann dagegen in den Hintergrund zu rücken: Ihr stets nörgelnder Bruder Antonio, die Weihnachtsvorbereitungen im Pfarrhaus, die er wie selbstverständlich seiner Schwester überließ und zu denen auch die Organisation eines Seniorenkaffees für fünfundfünfzig Personen sowie die Proben für das Krippenspiel zählten, und nicht zuletzt der Haushalt – all das konnte Maria nichts mehr anhaben. Sie war glücklich, zum ersten Mal seit … sie konnte sich nicht erinnern. Sie war es einfach.

8

Da Don Antonio bisher nichts unternommen hatte, um sein Seelenheil zu retten, erfreute sich Treviso nach wie vor eines erstaunlich hohen Zuwachses an Touristen. Das war erfreulich.

Viele der Pilger kamen aus den angrenzenden Nachbarstaaten Italiens und nicht wenige aus etwas weiter entfernten Landstrichen. Sieger in der Kategorie «Am weitesten gepilgert» war der kolumbianische Ex-Olympiasieger von 1968 im Vierhundert-Meter-Hürdenlauf der Männer, Carlos Fuego. Die «Älteste Pilgerin», die achtundneunzigjährige Anna Maria Rosa Conti, kam dagegen gleich aus Castello della Libertà. «Am längsten geblieben» war eine Touristengruppe junger Pilger aus Barcelona, deren Abreise nach ganzen neun Tagen beinahe zum Event geriet, da man sich in Treviso offen darüber freute, nun endlich auch mal eine Nacht durchschlafen zu können, ohne um drei Uhr morgens von einer Horde «Kumbaya» singender Spanier geweckt zu werden. In der Sparte «Nörgelnde Pilger» gewann eine gewisse Frau Martha M. aus Sindelfingen, deren kreischende Altfrauenstimme Massimo in Rage versetzt hatte, als sie starke Kritik an der ihr vorgesetzten Portion Pasta al pomodoro übte, die sie für viel zu klein erachtete.

Und zu guter Letzt hatten die Männer des Ortes noch die erst neunzehnjährige Finnin Tarja aus Nokia in der Kategorie «Schönste Pilgerin» zur Siegerin gekürt. Tarja nahm die Auszeichnung unbeeindruckt zur Kenntnis, zumal sie sich nicht als Pilgerin fühlte, denn erstens war sie nicht katholisch, und zweitens hatte sie sich eher zufällig nach Treviso verirrt, weil sie auf ihrer Interrailtour zwei pilgernden Spaniern in Madrid begegnet war, mit denen zusammen sie nun schon seit drei Wochen durch Europa zog und in die sie sich kurz hintereinander verliebt hatte. Es waren zwei Medizinstudenten aus Valencia, Pedro und Juan José, die noch dreißig Jahre später von ihrer jeweiligen Liebesaffäre mit Tarja schwärmen sollten, während Tarja die beiden schon bald wieder vergessen würde.

Alles in allem lief es sehr gut für Treviso, seine Bewohner und die Pilger, und nur Don Antonio wusste, dass dieser paradiesische Zustand am 20. Januar enden könnte, an dem Tag, an dem der vatikanische Abgesandte Francesco de Renzi in Treviso eintreffen würde, um das Wunder der weinenden Madonna zu begutachten. Das hätte er sich vielleicht sparen können, denn bereits einen Tag vor Weihnachten ersann Don Antonio einen Plan zur Rettung Trevisos.

9

Es war der 23. Dezember, und Don Antonio war voll mit den Vorbereitungen fürs Weihnachtsfest beschäftigt, indem er seiner Nichte diktierte, welche Pilgergruppen sie wann, wie und wo in Empfang zu nehmen, zu betreuen und wieder heimzuschicken hatte. Die rettende Idee verdankte er einer leicht zerstreuten Pilgerin aus Edinburgh. Am Tag ihrer Abreise aus Treviso hatte Mrs. MacLoughlin einen ihrer zwei Hartschalenkoffer an der Bushaltestelle von Treviso vergessen und bemerkte es erst nach viereinhalb Stunden. Nach einigen aufgeregten Telefonaten stellte sich heraus, dass der Koffer immer noch an der Bushaltestelle der Linie 174 darauf wartete, seine Heimreise anzutreten. Luisa hatte ihn während einer Tour zur Römerstraße zufällig entdeckt. Mrs. MacLoughlin hatte anderes vermutet, wie sie Luisa am Telefon aufgeregt erzählte, nämlich dass ihr der Koffer vorsätzlich gestohlen worden sei. Sie sagte tatsächlich «vorsätzlich», und Luisa fragte sich, wie man wohl etwas unbeabsichtigt stehlen konnte, und schickte ihren Onkel los, um das gute Stück einzusammeln.

Als Don Antonio nun am Abend des 23. Dezember unter stillen Flüchen die Haltestelle der Linie 174 erreichte, sah er den Koffer und beschloss, die Kriminalitätsrate in Treviso zu steigern: Mrs. MacLoughlin sollte das gute Stück nie wiedersehen, denn Don Antonio dachte gar nicht daran, es nach Hause zu bringen, um es anschließend mit der Post nach Edinburgh zu verschicken. Vielmehr schleppte er den Koffer unter Mühen und in heller Panik, dabei gesehen zu werden, zur Kirche, verstaute ihn im hintersten Winkel der Krypta und verkündete seiner Nichte, dass der Koffer nicht mehr an der Bushaltestelle gestanden habe und somit gestohlen worden sei. Mrs. MacLoughlin gegenüber bedauerte man diesen Vorfall zutiefst, hoffte aber, sie dennoch bald wieder in Treviso begrüßen zu dürfen. Am Heiligen Abend wusste ganz Treviso um das tragische Schicksal des Koffers. Man war sich darüber einig, dass man in einer kriminellen Welt lebte und gut daran täte, sich auf weitere Verbrechen seelisch vorzubereiten.

10

In den folgenden Weihnachtstagen sah man Don Antonio stets milde lächelnd seinem Amt nachkommen, und man hatte schon fast den Eindruck, er würde den Rummel, den die Festtagspilger verursachten, richtig genießen. Tatsächlich aber war Don Antonio nur deshalb so entspannt, weil er sich darüber im Klaren war, dass der ganze Spuk bald ein Ende haben und er ohne Ärger aus der Sache rauskommen würde. Es war also eher Eigennutz für die gute Laune des Paters verantwortlich, der sich mittlerweile nur noch wenig darum scherte, was aus Treviso werden sollte, wenn … ja, wenn er die weinende Madonna einfach verschwinden lassen würde. Denn das hatte der Pater vor: Am Silvesterabend würde er in die Kirche schleichen, die Madonna entwenden, einen Diebstahl vortäuschen und dem vatikanischen Abgesandten am 20. Januar ruhigen Gewissens sagen, dass es keine weinende Madonna mehr gebe und dass sich damit sein Besuch erledigt habe.

In der Nacht vom 31. Dezember auf den 1. Januar schlich sich Don Antonio gegen drei Uhr früh heimlich in die eiskalte Kirche, wo er sich vor der Madonna aufbaute und ihr in ihre blinden Augen sah, aus denen, nachdem der Pfarrer auf die Fernbedienung gedrückt hatte, Tropfen für Tropfen der schlechte Wein der örtlichen Enoteca rann.

Salvatore hatte die Statue wirklich vorbildlich präpariert, von dem Mechanismus im Inneren war nicht das

Geringste zu sehen. Unter einem Röntgenapparat wäre das natürlich etwas anderes gewesen, aber da ja der Abgesandte keine Statue mehr vorfinden würde, gäbe es auch keine Untersuchung, dachte Don Antonio. Seufzend zog er die kleine, unscheinbare Fernbedienung aus der Jackentasche und drückte erneut auf den Knopf. Sofort versiegten die blutroten Tränen der Madonna, die sonst in einer Schale zu ihren Füßen aufgefangen wurden, und Don Antonio schmunzelte kurz bei dem Gedanken daran, wie viel Spaß es ihm gemacht hatte, den Mechanismus vor den Messen abzustellen, nur um ihn dann zwecks einer besseren Dramatik mit einem heimlichen Griff in die Tasche seiner Soutane wieder in Gang zu setzen. Es war seine ganz persönliche Glanznummer, wenn er seine Predigten genau auf diesen einen Moment abstimmte und die Pilger dann beim Anblick der weinenden Holzfigur vor Staunen fast aus den Kirchenbänken purzelten.

Don Antonio stellte die mit Wein halb gefüllte Schale weg, griff die Madonna an ihren Hüften und hob sie behutsam aus der Nische heraus. «Madonna, bist du aber ein schweres Mädchen!», stöhnte der Pater. Dann war Eile geboten. Er wickelte seinen Schatz in eine Decke ein und trug ihn durch den Hintereingang hinaus. In der Krypta wollte er die Statue nicht lassen, obwohl das ein sicheres Versteck gewesen wäre, aber man wusste ja nie, auf welche Ideen die Leute kamen, und immerhin lagerte dort schon der Koffer dieser zerstreuten Schottin. Also schaffte er die Madonna so unauffällig wie möglich in den Schuppen von Ernesto Brasini, dessen Gärtnereigründe mit zwei kleinen Gewächshäusern an das Pfarrgrundstück anschlossen.

Der Schuppen war seit Jahren nicht mehr benutzt worden, und Don Antonio fühlte sich einfach sicherer bei dem Gedanken, dass er die Statue nicht auf eigenem Grund und Boden versteckte. Er verstaute sie mit Hilfe einer Taschenlampe im hintersten Teil des modrigen Gärtnerhäuschens, zwischen alten Farbeimern und zerbrochenen Harken, gut geschützt durch eine wasserfeste Plane, die er extra bereitgelegt hatte. Dann ging er zurück in die Kirche, legte leise und behutsam zwei Kirchenbänke um, verteilte einige Gesangbücher im Raum, drapierte die Lüster quer überm Altar und hoffte, dass es nun nach einem Raubüberfall oder zumindest nach einem Akt des Vandalismus aussehen würde. Dann lehnte er die hintere Kirchentür möglichst unauffällig an und begab sich zu Bett.

11

Das neue Jahr begann ungewöhnlich ruhig. Die Pilger, die über die Feiertage nach Treviso gekommen waren, hatten sich nach dem Besuch der Silvestermesse, die ausnahmsweise nicht um Mitternacht, sondern bereits um neun Uhr abends stattgefunden hatte, mehr den irdischen als den heiligen Dingen gewidmet, denn schließlich hatten auch sie ein Recht darauf, sich am letzten Tag des Jahres mal so richtig vollllaufen zu lassen. Also betranken sich Deutsche, Franzosen und Polen hemmungslos, während es die Einwohner Trevisos eher gemütlich angehen ließen und Oma, Tante, Onkel und Cousins zu sich nach Hause einluden, kochten, aßen und sich nach dem Feuerwerk, das Massimo und sein Sohn um Mitternacht über dem Platz vor der Trattoria losließen, in ihre Betten plumpsen ließen. Glückliches neues Jahr!

Gegen halb drei waren auch die letzten Pilger in ihre Unterkünfte getorkelt, und der Ort gehörte an dieser frostkalten Silvesternacht einem unauffälligen Liebespaar, das sich auf der alten, rostigen Gartenbank im Seiteneingang des Pfarrhauses herumdrückte, Hand in Hand zu den Sternen blickend.

«Ist dir auch wirklich nicht kalt?», fragte Luigi besorgt.

«Nein, mir geht es gut», versicherte Maria. Sie hatte sich in eine warme Decke gehüllt und schmiegte sich eng an ihren Begleiter.

«Ganz sicher?»

«Also mir ist nicht kalt, aber wenn dir kalt ist, sollten wir vielleicht hineingehen», sagte Maria. Luigi schüttelte den Kopf, was sie zwar nicht sehen, aber immerhin spüren konnte, so heftig verneinte er, dass ihm kalt sei, obwohl seine Zähne klapperten. Dann nahm er wieder ihre Hand in seine, und sie blickten erneut zu den Sternen auf.

«Klapperst du mit den Zähnen?», fragte Maria.

«Nnnneinnn», antwortete Luigi.

«Wir sollten doch reingehen.» Maria war gerade im Begriff aufzustehen, als sie noch ein anderes Geräusch wahrnahm. Es hörte sich so an, als ob jemand etwas Schweres über ein paar Dielenbretter zöge. Dann nahmen die zwei einen Lichtschein im alten Holzschuppen von Ernesto Brasini wahr, und wäre Don Antonio in diesem Augenblick nicht mit dem Fuß gegen eine alte Harke getreten und hätte ein schmerzhaftes «Hölle nochmal!» von sich gegeben, dann hätten sie sich wohl zu Tode erschrocken. So aber fing Maria leise an zu kichern.

«Was hat er bloß in dem alten Schuppen zu suchen?»

«Wer denn?», fragte Luigi.

«Mein irrsinniger Bruder. Was hat er nun schon wieder vor?»

Luigi kratzte sich am Kopf. Was tat ein Pfarrer nachts um drei, noch dazu an Silvester, in einem fremden Schuppen?

«Vielleicht sucht er dort etwas?», fragte Luigi vorsichtig.

«Ach was, der hat da nichts zu suchen, der versteckt sicher etwas. Den Koffer von dieser Schottin habe ich gestern erst in der Krypta entdeckt. Weiß der Himmel, warum er ihn da verstaut hat. Da ist der Schuppen von Ernesto schon ein besseres Versteck. Ich möchte nur zu gerne wissen, was er dort verschwinden lässt.»

«Ihr seid schon eine tolle Familie.» Luigi lachte leise. «Der Bruder ein Pfarrer und Kleptomane, die Schwester das heißeste Mädchen im ganzen Veneto!»

Maria grinste.

«Heiß ist mir augenblicklich eher weniger. Komm, wir verschwinden von hier, bevor der Wahnsinnige auftaucht. Ich mach uns noch einen Tee.» Und damit gingen die zwei ins Haus und setzten sich in die Küche, wo Maria Luigi bis fünf Uhr früh mit Anekdoten aus der bewegten Jugend ihres Bruders unterhielt.

Sie erzählte ihm, wie Antonio in jungen Jahren die Nonna stets mit gigantischen Blumensträußen zu versöhnen suchte, wenn er wieder einmal etwas angestellt hatte, was häufig vorkam. Und Nonna Cristina ließ sich immer wieder aufs Neue von Antonios floralen Bestechungsversuchen überzeugen, bis sie entdecken musste, dass Antonio die Blumen bei Ernesto Brasinis Vater heimlich aus dem Gewächshaus entwendete. Die Nonna hatte ihn daraufhin allerdings nicht bei Signor Brasini verpfiffen, sie hatte nicht einmal mit ihm geschimpft.

Eines Tages, als er mit einem Strauß Gladiolen vor ihr stand, nachdem er ihren Goldfisch an die Katze verfüttert hatte, nahm sie die Blumen freundlich lächelnd entgegen, griff zu ihrem Portemonnaie und drückte Antonio tausend Lire mit den Worten in die Hand: «Schätzchen, gib das Signor Brasini. Wir sind vielleicht Barbaren, weil wir Haustiere mit Haustieren füttern, aber unsere Gladiolen bezahlen wir.» Von da an sparte Maria vorsichtshalber einen Teil ihres Taschengeldes für die Gelegenheiten auf, an denen Antonio Nonna Cristina mit Blumen besänftigen musste und sich dazu das Geld von seiner kleinen Schwester lieh, denn er selbst hatte zwar kein Händchen fürs Sparen, wohl aber für lateinische Grammatik, weshalb Maria sich folglich ihre fehlerlosen Hausaufgaben bei ihrem Bruder erkaufte. Somit war jedem gedient – mit Ausnahme des Goldfischs vielleicht.

Don Antonio sahen sie in dieser Nacht nicht mehr, denn der schlich sich heimlich an der Küchentür vorbei in sein Bett. Aber als Maria Luigi an der Haustür verabschiedete, dachte sie kurz, dass dies vielleicht der passende Zeitpunkt gewesen wäre, ihn zum Bleiben aufzufordern. Aus irgendeinem Grund zögerte sie jedoch, und der Augenblick verflog.

Feige bist du, Maria Braschi, einfach nur feige!, sagte sie zu sich selbst. Spring endlich und genieß es!

Sie nahm sich vor, die nächste Gelegenheit nicht mehr so einfach verstreichen zu lassen. Dann ging sie zurück in die Küche, goss sich noch eine letzte Tasse Tee ein und fiel glücklich ins Bett.

12

Am nächsten Tag war Maria klar, was ihr Bruder im Schuppen von Ernesto Brasini getan hatte, denn gegen acht Uhr früh wurde heftig gegen die Eingangstür des

Pfarrhauses getrommelt, während gleichzeitig das Telefon Sturm läutete. Die Madonna war fort. Weg. Gestohlen. Was für ein Skandal!

Der ganze Ort geriet binnen kürzester Zeit in Aufruhr, denn die Nachricht hatte sich schnell verbreitet. Rosa Fiorentini hatte die Blumen auf dem Altar neu richten wollen und war schon zwei Stunden vor Beginn der Neujahrsmesse in der Kirche erschienen, um genug Zeit zu haben. Hektik war nicht ihre Sache. Als sie nun aber die Kirche betrat und die umgeworfenen Kirchenbänke, die Altarlüster und schließlich auch das Fehlen der Madonna bemerkt hatte, da wurde Rosa ganz anders zumute, und sie lief grell kreischend aus der Kirche hinaus und brüllte über den gesamten Platz: «Weg! Sie ist weg!» Das war zwar keine sehr präzise Aussage, aber immerhin schrie Rosa laut genug, damit Massimo seinen Kopf aus dem Fenster streckte und sie fragte, warum sie einen solchen Höllenlärm veranstaltete, noch dazu an einem Feiertag, und wer ihr denn bitte schön abhandengekommen sei.

«Die Madonna!», rief ihm Rosa zu. «Sie haben die Madonna gestohlen!» Dann rannte sie in Richtung Pfarrhaus davon.

Massimo stieß einen Fluch aus, schlüpfte in Hose und Hemd und stürmte, einen Schuh in der Hand, einen bereits am Fuß, hinüber zur Kirche. Massimos Frau telefonierte sofort mit ihrer Tante, die wiederum eine Cousine in Castello anrief, die dann ihren Sohn darüber in Kenntnis setzte, dass die Madonna von Treviso gestohlen worden sei. Der Sohn endlich, ein Cousin zweiten Grades von Vito Corrisi, dem Supermarktbetreiber von Treviso, rief diesen an, womit letztlich ganz Treviso über die Ereignisse der letzten Nacht informiert wurde, denn um die Pilger zu versorgen, sperrte Vito ab zehn Uhr dreißig auch an Feiertagen seinen Laden auf, und ab diesem Zeitpunkt gab es kein Halten mehr. Jetzt wusste es das ganze Dorf: Erst stahl man den Koffer dieser Schottin und nun die Madonna. Was war das doch für eine schlechte Welt!

Die Messe fiel selbstverständlich aus, stattdessen inspizierten der Bürgermeister, der Polizist Stefano Strozzi und natürlich Don Antonio die Kirche. Sie besahen sich die umgestürzten Bänke, die verstreuten Gesangbücher und die querliegenden Altarlüster, die leere Nische, in der kürzlich noch die weinende Madonna von Treviso gestanden hatte, und zu guter Letzt den Opferstock. Und da merkte Don Antonio, dass er einen Fehler gemacht hatte.

«Sieh mal einer an», sagte Stefano Strozzi, «der Opferstock ist ja noch ganz voll. Die haben nicht mal die Münzen mitgehen lassen. Seltsam, überaus seltsam.»

Don Antonio dachte nach. «Nun, Signor Strozzi, der Opferstock ist schwer, und sie mussten ja schon die Madonna ...» Zum Glück war Stefano Strozzi nicht der Hellste, dachte Don Antonio. Dennoch gab der Polizist sich nicht gleich zufrieden.

«Trotzdem finde ich es irgendwie merkwürdig», wandte er ein, «dass die Einbrecher die goldenen Altarlüster und auch den Opferstock dagelassen, aber dafür eine im Grunde wertlose Madonnenstatue mitgenommen haben. Das macht im Falle eines normalen Diebstahls keinen Sinn. Nein, Pater, die haben anderes vor. Es würde mich nicht wundern, wenn sie die Madonna entführt hätten, um ein Lösegeld erpressen zu können. Ich habe da mal von einem Fall in Florenz gehört …» Nun schaltete sich der Bürgermeister ein.

«Signor Strozzi, ich halte Ihre These doch eher für unwahrscheinlich. In Treviso ist noch nie jemand entführt worden.»

«Ja, aber das heißt nicht, dass es nicht trotzdem mal passieren kann!», warf Don Antonio ein. Er konnte plötzlich nur mit Mühe seine Begeisterung über Stefano Strozzis wilde Entführungsphantasien verbergen. Eigentlich konnte ihm gar nichts Besseres passieren.

«Wir werden sehen», sagte der Polizist. «Falls sich die Entführer bei Ihnen melden, Pater, dann geben Sie uns bitte sofort Bescheid. Und jetzt schaue ich mir noch einmal die Tür an, durch die die Entführer eingedrungen sind.» Und damit besah Stefano Strozzi mit Kennerblick die völlig unversehrte Hintertür der Kirche, um anschließend zu verkünden, dass der oder die Einbrecher besonders geschickt vorgegangen sein müssten, denn er könne keinerlei Kratzer am Türschloss erkennen. «Wir haben es hier zweifellos mit Profis zu tun.»

Don Antonio bemühte sich, besonders erschüttert auszusehen, und spürte plötzlich in seiner rechten Manteltasche den Schlüssel, den er gestern zum Entriegeln besagter Tür gebraucht und den er vergessen hatte, wieder ans Schlüsselbrett zu hängen.

13

Als der Bürgermeister und der Polizist gegangen waren, wartete Don Antonio noch ein paar Minuten und ging dann hinunter in die Krypta. Er brauchte etwas Zuspruch. Doch Don Ignazio empfing ihn mit einem höhnischen Gelächter.

«Du glaubst doch nicht, dass du damit durchkommst! Die werden diese lächerliche Entführungstheorie in ein paar Stunden wieder verwerfen, und dann bist du dran!»

«Ich weiß wirklich nicht, warum du so boshaft kicherst, alter Mann! Mit der Version sind wir doch alle aus dem Schneider. Die Madonna ist erst einmal aus dem Weg, der vatikanische Schnüffler kann uns nichts nachweisen, und dem Ort geht es zurzeit besser als je zuvor!» Don Antonio war im Grunde mit sich zufrieden, nur hätte er gerne noch einmal von jemand anderem gehört, dass er alles richtig gemacht hatte.

«Aber gleich entführt?» Don Ignazio wackelte mit dem Kopf. «Na, ich weiß ja nicht ...»

Don Antonio hatte sich auf einen alten Sarkophag fallen lassen und sah sich im Raum um. Irgendetwas war heute anders. Dann durchfuhr es ihn wie ein Blitz.

«Wo ist der Koffer?»

«Welcher Koffer?», fragte Don Ignazio.

«Der Koffer von dieser schottischen Kuh. Wo ist der?» Don Antonio war sich ganz sicher, dass er ihn dort hinten in die Ecke gestellt und zugedeckt hatte. Jetzt war der Platz leer.

«Ach der», sagte Don Ignazio gelassen, «den hat deine Schwester heute in aller Herrgottsfrühe mitgenommen, wahrscheinlich um ihn anderswo unterzubringen. Die Ecke da drüben ist ja nun wirklich kein so tolles Versteck, da würde sogar der dämliche Strozzi draufkommen, wenn er das nächste Mal hier herumschnüffelt.»

«Meine Schwester?» Don Antonio war kurz davor, die Fassung zu verlieren.

«Jawohl, deine Schwester. Eine sehr kluge Frau, wenn du mich fragst.»

«Ich frag dich aber nicht.»

Seine Schwester also! Was in Gottes Namen hatte Maria vor?

14

Giorgio, der Neffe des Bürgermeisters von Treviso, war ein gutmütiger Mensch. Er liebte seine Mutter, er sammelte Fußballsticker und verschenkte sie dann an seinen kleinen Cousin, und seine Katze hatte er nach seiner ersten Liebe benannt: Jeannie, aus der gleichnamigen Serie «Bezaubernde Jeannie». Wenn es unbedingt sein musste und man ihn dringend brauchte, dann arbeitete er auch mal nach fünf Uhr nachmittags. Im echten Leben war Giorgio IT-Experte bei der Guardia di Finanza. Doch was zu viel war, war zu viel. Giorgio zitterte vor Wut.

«Ich reiß mir doch nicht wochenlang den Arsch auf, um für Treviso eine Homepage zu entwerfen, nur damit dann irgendwelche Trottel die Madonna entführen. Dann war ja alles umsonst!» Er war richtiggehend wütend und kippte vor lauter Verzweiflung über die sinnlose Zeitverschwendung, als die er die Arbeit für seinen Onkel nun betrachtete, einen Magenbitter hinunter, den ihm Massimo mitleidsvoll über den Tresen reichte.

Giorgio war nicht der Einzige, den die Entführung der Madonna aus der Fassung brachte. Im Grunde waren sich alle Bewohner Trevisos darüber einig, dass das Verschwinden der Statue einer mittleren Katastrophe gleichkam. Ohne Madonna keine Pilger, und ohne Pilger kein Fremdenverkehr, was bedeutete: keinen Souvenir-Shop, keinen erweiterten Restaurant- und Hotelbetrieb, keine Kundschaft in der schlechten Enoteca und schon gar keine finnischen Pilgerinnen mehr. Letzteres beschäftigte vor allem Giorgio, denn mindestens genauso wie das Verschwinden der Madonna bedauerte er das Verschwinden eines anderen weiblichen Wesens.

Giorgios Welt sah düster aus, seitdem Tarja aus Nokia wieder abgereist war. Sie hatte sich letztlich nicht zwischen den Medizinstudenten aus Valencia entscheiden können und hatte somit vor lauter Unentschlossenheit eine Nacht mit dem überglücklichen Giorgio verbracht. Und obwohl Tarja kein Problem damit hatte, das Bett oder besser gesagt eine Matratze im Laderaum des alten Lieferwagens von Giorgios Vater mit ihm zu teilen, überkamen sie doch leichte Skrupel, als er sie nach ihrer Telefonnummer gefragt hatte.

«Ich schreibe dir!», hatte sie gesagt, bevor sie an jenem Morgen nach ihrer gemeinsamen Nacht in den Bus der Linie 174 gestiegen war, und erst als der Bus schon etliche Meter weit gefahren war, fiel Giorgio ein, dass sie weder seinen Nachnamen noch seine Adresse kannte. Also lief er wie ein Irrer hinter dem Bus her und schrie: «Schick die Post ins Rathaus, mein Onkel ist der Bürgermeister …»

Er war sich nicht sicher, ob Tarja ihn noch gehört hatte – auch weil er durch das Rückfenster des Busses sah, wie Ernesto Brasini sie in ein Gespräch verwickelte –, doch weil Giorgio ein Optimist war und weil er sich hemmungslos in Tarja verliebt hatte, war er von dem Gedanken nicht abzubringen, dass sie ihr Versprechen halten würde. Also hockte Giorgio in seiner Freizeit im Büro seines Onkels Mario, ging allen dort gehörig auf die Nerven und hoffte auf Post. Und wenn es seinem Onkel gar zu viel wurde, dann schickte er Giorgio zu Massimo hinüber und ließ ihn sich dort in aller Seelenruhe betrinken.

«Warum hat sie mir nur nicht ihre Nummer gegeben, Massimo? Ich verstehe das nicht …»

Massimo verstand es dagegen durchaus: «So sind die Frauen, mein Freund, sie hat dich benutzt, und das war es. Und mal ehrlich, es gibt Schlimmeres, als von einer bildhübschen neunzehnjährigen Finnin benutzt zu werden. Ich an deiner Stelle …» Doch vorsichtshalber ließ er den Satz unvollendet.

Giorgio winkte ab. Was half das schon? «Wenn ich vom Klo wieder da bin, will ich noch so einen!», sagte er, deutete auf sein leeres Schnapsglas und ging nach hinten. Vito, der gerade von der Toilette kam, sah ihm hinterher und bedachte Massimo mit einem fragenden Blick.

«Lass ihn, Vito. Er hat gerade zwei Frauen verloren – die eine hat ein Herz aus Holz und wurde entführt, und die andere hat eines aus Stein und ist einfach abgereist. Und von keiner wird er je wieder hören.»

Doch Massimo irrte sich, im Fall beider Frauen.

15

Natürlich rätselte ganz Treviso, wer denn in der Silvesternacht in die Kirche Santa Maria degli Angeli eingedrungen war und das Heiligtum von Treviso entführt hatte. Zunächst glaubte man noch an einen bösen Scherz und hoffte, die Statue würde in den nächsten Tagen wieder auftauchen. Als nichts dergleichen geschah, stellte man Überlegungen an, ob es sich dabei etwa um einen terroristischen Akt gehandelt haben könne, aber wenn man ehrlich war, schien diese Theorie reichlich aus der Luft gegriffen, denn welcher Terrorist hätte schon bei Nacht die unbeleuchtete Straße nach Treviso gefunden?

Letztlich einigte man sich darauf, dass es nichts brachte, sich wilden Spekulationen hinzugeben, sondern dass man einfach abwarten müsse, ob sich die Entführer meldeten. Bis dahin übte man sich in kaum verhohlener Ungeduld. Nur Don Antonio, den das Verschwinden der Madonna doch am härtesten getroffen haben musste, strahlte eine erstaunliche Ruhe und Gelassenheit aus. Man schrieb dies seinem starken Glauben an das Gute im Menschen zu und nahm sich ein Beispiel an dem Dorfpfarrer, der nicht müde wurde zu predigen, dass diese schreckliche Geschichte sicher gut ausgehen werde, denn alles liege in Gottes Hand. Als Maria ihren Bruder so reden hörte, wunderte sie sich im Stillen und schüttete ihr Herz im Hinterzimmer von Luigis Laden aus, als der gerade Mittagspause machte.

«Habt ihr denn immer noch nicht miteinander geredet?», fragte Luigi.

«Nein, haben wir nicht. Und soll ich dir was sagen? Das ist auch nicht nötig. Ich weiß, dass er weiß, dass ich weiß, dass er die Madonna versteckt hat. Was ich nicht weiß, ist, *warum* er es getan hat.»

Im Grunde gab Luigi ihr recht, aber im Stillen fragte er sich dennoch, warum die Geschwister ein solches Versteckspiel miteinander trieben.

«Weißt du, was Antonio gestern noch zu mir gesagt

hat?», plapperte Maria weiter. «Er hat gemeint: ‹Maria, dass die Madonna fort ist, löst eine Menge Probleme.› Und da frage ich dich doch, was hat er damit nun wieder gemeint? Und außerdem streicht dieser Salvatore Tarlo ständig ums Haus, und ich komme ums Verrecken nicht drauf, was die beiden im Schilde führen.»

«Und das ärgert dich», stellte Luigi amüsiert fest.

«Ja, das ärgert mich!» Maria stand auf, nahm ihre Handtasche, gab ihrem Liebsten noch einen lauten Kuss auf die Wange und machte sich dann auf den Weg nach Hause. Als sie über den Dorfplatz marschierte, kamen ihr Massimo und Giorgio entgegen. Massimo stützte den offensichtlich betrunkenen jungen Mann, indem er sich dessen linken Arm über die Schulter gelegt hatte und ihn nun mit sich schleifte. Dabei brüllte Giorgio unentwegt «TARJA, TARJA!», und Maria fragte sich, ob nicht inzwischen das ganze Dorf übergeschnappt sei.

16

Er hatte es nicht gewagt, einfach an der Haustür zu klingeln. Don Antonio hatte ihm ja verboten, bei ihm aufzutauchen, denn er wollte nicht, dass die Leute über ihre Verbindung allzu gut Bescheid wussten. Deshalb schlich Salvatore Tarlo seit zwei Tagen im Abstand von wenigen Stunden relativ auffällig am Pfarrhaus vorbei, um Don Antonio dazu zu kriegen, ihn endlich ins Haus zu lassen. Er musste mit ihm reden, und er konnte das, was er von ihm wollte, nicht am Telefon besprechen. Am Nachmittag des zweiten Tages wurde es Don Antonio zu bunt, und er rief durchs Küchenfenster, Salvatore solle seinen Arsch in Richtung Hintereingang bewegen, was dieser auch tat, um dann Sekunden später in der Pfarrküche einem angesäuerten Pater gegenüberzustehen.

«Was ist so schrecklich wichtig, dass du dich nicht an unsere Abmachung hältst?», wollte Don Antonio von ihm wissen. «Wir haben doch ausgemacht: keine Besuche, keine Anrufe, überhaupt keinen Kontakt. Wir kommen in Teufels Küche!»

«Bis dahin nehme ich mal mit deiner Küche vorlieb.» Salvatore war eigentlich gar nicht zum Scherzen zumute, aber er konnte nicht anders. Der Pater war stets von so ausgesucht unhöflicher Art, dass er darüber ständig Witze reißen musste, denn eigentlich hatte er Don Antonio sehr gern.

«Sag also, was du zu sagen hast, und dann verschwinde.»

Salvatore holte tief Luft und platzte heraus: «Hast *du* die Madonna verschwinden lassen?»

Don Antonio überlegte kurz, ob er darauf antworten sollte, besann sich dann aber, dass Salvatore sich im Grunde ohnehin seinen Teil denken würde, und sagte: «Ja, hab ich. Zufrieden?»

Salvatore ließ sich erleichtert auf einen Küchenstuhl fallen.

«Gott sei gepriesen, ich dachte schon, die hätten sie wirklich entführt.»

«Und wennschon, was würde es für einen Unterschied machen? Wir sind sie los, und der Vatikan kann uns mal kreuzweise.»

Salvatore sah seinen Freund streng an. «Und ob das einen Unterschied macht! Wenn die Madonna entführt worden wäre, dann hätten die Entführer sie sich bestimmt genauer angeschaut und schnell gemerkt, dass die Statue präpariert ist. Was glaubst du, was dann passiert wäre? Sie hätten sie aufgebrochen und im Inneren der Madonna die kleine Pumpe mit der Aufschrift ‹Salvatore Tarlo, Schnitzerei, Treviso, Italia› entdeckt.»

Don Antonio war fassungslos. «Bist du total von Sinnen? Du hast die Pumpe mit deinem Namen versehen?»

«Es war keine Absicht. Ich verwende diese Minipumpen für die Zimmerbrunnen, die ich ab und zu verkaufe, und muss vergessen haben, den Aufkleber abzumachen, bevor ich sie eingebaut habe. Das ist mir Sonntagnacht eingefallen.»

«Na, dann kannst du ja froh sein, dass die Madonna unauffindbar in Ernestos altem Schuppen lagert, denn wenn man sie wirklich entführt hätte, wäre das für einen von uns ziemlich schlecht ausgegangen.»

Doch Salvatore überhörte die Drohung seines Freundes und begann zu kichern. «In Ernestos Schuppen, oh, aha, also in diesem Schuppen habe ich damals mit meiner Frau, als wir noch nicht verheiratet waren, also, na ja … Der Schuppen hat Geschichte!»

«Das will ich gar nicht so genau wissen. Aber du kannst ganz beruhigt sein, ich habe alles im Griff.»

Hätte Don Antonio gewusst, was Ernesto Brasini seinem alten Schäferhund-Mischling vorzugsweise zu trinken vorsetzte, wäre er vielleicht nicht so selbstsicher gewesen. Bis es jedoch zu einer Begegnung zwischen Ernesto Brasinis Hund und der weinenden Madonna von Treviso kam, passierte noch etwas anderes. Diesmal bekam der Bürgermeister Post.

17

An die Bewohner Trevisos!
Wir haben Eure Madonna! Wenn Ihr sie zurückwollt, dann kostet Euch das 50 000 Euro. Der Bürgermeister legt das Geld am nächsten Donnerstag um 7.30 Uhr in einer Plastiktüte in den Abfalleimer der Linie 174, Richtung Castello della Libertà, und steigt an der Station Treviso / Römerstraße wieder aus. Im nächsten Bus findet Ihr die Madonna im selben Abfalleimer. Keine Polizei! Sonst verbrennen wir das Miststück!

Der Brief war in Castello della Libertà aufgegeben worden, wahrscheinlich hatte man ihn dort einfach in den Briefkasten geworfen. Das würde jedenfalls erklären, wieso der Brief erst am Dienstag in Treviso ankam, zwei Tage vor der geplanten Übergabe. Die Post hatte offensichtlich vier Tage gebraucht, um das Erpresserschreiben von Castello nach Treviso zu transportieren, für eine Strecke von gerade mal sieben Kilometern.

Bürgermeister Mario war sich darüber im Klaren, dass es mit Abwarten diesmal nicht getan war. Er war sich auch sicher, dass die touristische Attraktion nach Treviso zurückmusste, und zwar schnell. Also machte er sich, den Brief in der Hand, auf den Weg zum Pfarrhaus, wo ihm Maria die Tür öffnete.

«Sie sehen ja furchtbar aus, Bürgermeister, was ist denn mit Ihnen passiert?», und schon bugsierte sie den Bürgermeister ins Wohnzimmer, setzte ihn in einen Sessel und goss ihm erst einmal einen Grappa ein. Nachdem er diesen dankbar und in einem Zug geleert hatte, rückte Mario mit der Sprache heraus.

«Ich muss den Pater sprechen, in einer sehr wichtigen Angelegenheit.»

«Mein Bruder ist nicht da, er hat heute eine Besprechung mit dem Bischof und kommt erst am späten Nachmittag zurück.»

Mario stöhnte auf.

«Eine Katastrophe!», jammerte er. «Wie soll ich denn ohne den Pater etwas entscheiden? Schließlich ist es ja ein Heiligtum, da müsste doch die Kirche einspringen, denn ich weiß wirklich nicht, wo ich von heute auf morgen fünfzigtausend Euro hernehmen soll.»

Maria verstand kein Wort, stattdessen blickte sie den Bürgermeister fragend an, der mit einer hilflosen Geste das Erpresserschreiben aus seiner Sakkotasche zog und es ihr überreichte. Als sie es gelesen hatte, musste sich auch Maria erst einmal setzen. Sie goss dem Bürgermeister und sich jeweils ein weiteres Gläschen ein, prostete ihrem nervlich schwer angeschlagenen Gegenüber zu und fragte sich im Stillen, was wohl ihr Bruder mit diesem Brief im Schilde führte.

18

«Der ist nicht von mir!» Don Antonio protestierte auf das Heftigste. «Für wen hältst du mich eigentlich?»

Er war richtiggehend entsetzt, dass Maria ihm zutraute, seine eigene Gemeinde zu erpressen. Dass sie wusste, wer die Madonna hatte verschwinden lassen, überraschte ihn hingegen überhaupt nicht. Schon als Kind hatte er ihr nie etwas vormachen können. Zu seinem Glück glaubte Maria ihm auf Anhieb, dass er kein Erpresser war, denn wenn sie auch keinen unerschütterlichen Glauben an das Gute im Menschen besaß, so glaubte sie doch immerhin an das Gute in ihrem Bruder.

«Dann haben wir es hier mit einem Trittbrettfahrer zu tun», konstatierte sie. «Was machen wir jetzt?»

Don Antonio, der eine lange und anstrengende Besprechung mit dem Bischof Santini hinter sich hatte, bei der ihm der Bischof klar und deutlich zu verstehen gegeben hatte, dass Don Antonio auch nach dem Verschwinden der Madonna mit einem Besuch des vatikanischen Abgesandten zu rechnen habe und dass Francesco de Renzi *sein* Problem sei, und nicht das des Bischofs. Offensichtlich ging Bischof Santinis Nächstenliebe zwar weit, aber nicht so weit, dass er Kopf und Kragen für Don Antonio riskieren wollte.

Don Antonio sah sich das Erpresserschreiben noch einmal genauer an. Es bestand aus lauter zusammengeklebten Papierschnipseln, die fein säuberlich aus einem Buch herausgeschnitten worden waren.

«Hat der Bürgermeister gesagt, ob er trotzdem die Polizei einschalten will?», fragte Don Antonio.

«Nein, aber wenn du mich fragst, dann wird er es nicht tun. Stattdessen will er eine große Aktion starten und von Haus zu Haus ziehen, um Spenden für das Lösegeld einzusammeln. Er bittet dich auch, die Kollekte von Mittwochabend zur Verfügung zu stellen, und hat gefragt, ob du über irgendwelche Ersparnisse verfügst.»

«Der alte Geizkragen!», entfuhr es Don Antonio. «Anstatt dass er sich einmal selbst an die Nase fasst, soll ich nun wieder für ihn blechen. Kommt überhaupt nicht in Frage!»

«Er will das Geld ja nicht für sich, er will es für die Madonna, und da du die Statue erst präpariert hast, um sie anschließend wieder verschwinden zu lassen, kann man eigentlich nicht behaupten, dass den Bürgermeister irgendeine Schuld an der ganzen Misere trifft.»

So, so, dachte Don Antonio, dass ich die Madonna zum Weinen gebracht habe, weiß sie also auch längst. Tatsächlich aber sagte Don Antonio nichts, sondern brummte nur etwas und sah seine Schwester aus grauen, erschöpften Augen an, so als ob sie jetzt eine Lösung finden müsse. Denn langsam wuchs ihm das Unternehmen «Das Wunder von Treviso» über den Kopf.

Wenn er nur wüsste, wie er den Spuk stoppen könnte, doch ihm fiel rein gar nichts ein, und alles, woran er wirklich denken konnte, waren Massimos Spaghetti al pomodoro, denn er hatte Hunger. Beim Bischof hatte es nichts zu essen gegeben.

Also war es Maria, die eine Lösung für das Problem fand: Sie würde die Madonna einfach wieder auftauchen lassen und damit den Erpressungsversuch des Trittbrettfahrers vereiteln. Wie sich herausstellen sollte, war es ein geradezu genial einfacher Plan, den die Schwester des Paters ausgeheckt hatte, und insgeheim zollte Don Antonio ihr dafür eine gewisse Bewunderung. Wer hätte geahnt, dass es in seiner Familie gleich zwei Menschen mit so großer krimineller Energie gab? Nie zuvor hatte sich Don Antonio seiner Schwester so verbunden gefühlt, und nie zuvor hatte er sich dieser innigen Verbundenheit wegen so geschämt. Was war nur aus ihnen geworden?

19

Sehr geehrter Herr Bürgermeister von Treviso,
bitte leiten Sie diese Karte an Ihren Neffen Giorgio weiter.

Lieber Giorgio,
ich hoffe, diese Karte erreicht Dich auch tatsächlich. Ein alter Mann hat mir im Bus erzählt, dass Du der Neffe vom Bürgermeister bist. Er hatte zwar eine Alkoholfahne, aber ich glaube, er kennt Dich wirklich. Wie geht es Dir? Ich denke viel an Dich und wollte Dir sagen, dass ich es ganz toll fand in Treviso. Und mit Dir.
Küsse, Deine Tarja

PS: Bin in Amsterdam, aber das siehst Du ja, wenn Du die Karte umdrehst. Hier ist es kalt und nass. Vermisse Italien. Und Dich …

«Na, das ist doch was!» Massimo klopfte seinem jungen Freund anerkennend auf die Schulter. «Wer hätte denn damit gerechnet, dass sie dir tatsächlich schreibt?»

Giorgio musste ihm recht geben. Beinahe wäre er rückwärts vom Stuhl gekippt, als die Sekretärin seines Onkels plötzlich mit der Postkarte vor ihm gestanden hatte. Nun trug er sie stolz in der Brusttasche seines Hemdes spazieren und strahlte seine Umwelt so überaus gutgelaunt an, dass man gar nicht umhinkonnte, ihn nach dem Grund zu fragen, woraufhin Giorgio bereitwillig nach Tarjas Postkarte griff und den Inhalt wahlweise vorlas oder übersetzte. Tarja schrieb nämlich auf Englisch.

«Amsterdam. Das hat mich nie gereizt», sagte Massimo nun. «Du weißt ja, was man über Amsterdam sagt.» Er blickte zu Giorgio hinüber.

«Nein, was sagt man über Amsterdam?»

«Es soll das Venedig des Nordens sein. Wir wohnen nur gut 76 Kilometer vom echten Venedig entfernt. Da fragt man sich doch: Was soll ich mit der billigen Kopie, wo ich das Original schon kenne? Und siehst du, da steht es: Sie vermisst Italien! Na, da frag ich mich doch, wieso ist sie nicht gleich hiergeblieben?»

Darauf wusste Giorgio nichts zu erwidern, bestellte nur einen weiteren Magenbitter und sehnte still die Klimakatastrophe herbei, damit Amsterdam bald untergehen würde.

20

«Ein Alkoholiker? Nein, das glaube ich nicht.» Ernesto Brasini schüttelte den Kopf. Das konnte nicht sein. Gut, er hatte seinem Hund Nebbiolo immer gerne ein bisschen von seinem Rotwein abgegeben, meistens am Abend und damit er aufhörte zu heulen, aber dass man davon gleich süchtig werden konnte, das glaubte Ernesto eigentlich nicht. Doch Doktor Lorenzo blieb bei seiner Diagnose.

«Nebbiolo ist Alkoholiker! Um genauer zu sein: Er säuft den Wein wie Wasser, und es ist ein Wunder, dass er überhaupt noch unter uns weilt. *Die* Leberwerte möchte ich gar nicht kennen.»

«Nun, Dottore», erwiderte Ernesto, «das fällt ja

wohl auch nicht in Ihren Zuständigkeitsbereich. Oder befassen Sie sich jetzt auch schon mit Hunden?» Doktor Lorenzo verneinte dies, blieb jedoch standhaft bei seinem Urteil über Nebbiolo, den alten Schäferhund-Mischling von Ernesto Brasini, der über die Jahre eine etwas unnatürliche Liebe zum Rotwein entwickelt hatte. Nebbiolo, der an und für sich ein sehr freundliches Wesen besaß, konnte mit seinem Gebell schon mal Tote erwecken, so sagte man. Doch die Zeiten waren lange vorbei, denn die meiste Zeit des Tages schlief Nebbiolo seinen Rausch aus.

Was war also in jener Nacht von Mittwoch auf Donnerstag geschehen? Heimlich hatte sich Maria mit ihrem Bruder in den alten Schuppen von Ernesto Brasini geschlichen und die Madonnenstatue wieder hervorgeholt, um sie dann gemeinsam an der Bushaltestelle der Linie 174 abzustellen. Luigi, der die Haltestelle von einem kleinen Flurfenster im ersten Stock über seinem Friseurladen aus beobachten konnte, hielt die ganze Nacht über Wache, damit die Madonna nicht gestohlen wurde. Es war geplant, dass die morgendlichen Pendler nach Castello auf das gute Stück aufmerksam wurden. Somit hätte man erfolgreich den Erpressungsversuch vereitelt. Was sie dann mit dem vatikanischen Abgesandten machen sollten, darüber würden sie erst morgen nachdenken.

Gegen fünf Uhr früh musste Luigi eingeschlafen sein, denn er wurde jäh durch das laute Kläffen eines Hundes aus seinem Dämmerzustand gerissen und konnte anschließend bezeugen, dass Nebbiolo, der Schäferhund-Mischling von Ernesto Brasini, versucht hatte, die Madonna von Treviso zu besteigen. Offensichtlich hatte der Rotwein, der ja immer noch in der Madonna versteckt war und bei Bedarf für deren blutrote Tränen sorgte, den Hund vollkommen verrückt spielen lassen. Nebbiolo hatte sein geliebtes Gesöff im Bauch der Madonna gerochen und hätte das gutriechende Stück Holz auch zerbissen, um an den Wein zu gelangen. So hatte Ernesto größte Mühe, seinen Hund davon abzuhalten, der Madonna Schaden zuzufügen. Schließlich gelang es ihm, Nebbiolo am Bushalteschild festzubinden und die Madonna an sich zu nehmen.

Nur eine Stunde später prostete man sich bei Massimo zu und gratulierte sich zur Wiederauffindung des örtlichen Heiligtums. Man klopfte Ernesto auf den Rücken, der Bürgermeister spendierte eine Runde nach der anderen, und Nebbiolo bekam einen ganzen Napf voll mit verdünntem Wein. Der Hund hatte noch am nächsten Tag eine Schlagseite.

Die Madonna kehrte in ihre Nische in der Kirche Santa Maria degli Angeli zurück, und das ganze Dorf wusste nun über die Beschaffenheit ihrer blutroten Tränen Bescheid, die aus nichts anderem als billigem Rotwein bestehen konnten. Der Hund von Ernesto Brasini hatte es bewiesen. Weil aber jeder in Treviso ein Interesse daran hatte, dieses «Geheimnis» zu hüten, schwor man sich, es keinem Außenstehenden zu verraten.

21

Vito war unendlich erleichtert, dass er die dreizehn Kisten mit Aufklebern und Wimpeln der weinenden Madonna nun doch nicht umsonst bestellt hatte. Nach wie vor strömten die Pilger in seinen Laden, nach der Rückkehr der Statue waren es noch mehr als zuvor, und rissen ihm den sakralen Kitsch beinahe aus den Händen. Dazu brachte er Erfrischungsgetränke, Schokoriegel und Toilettenartikel unter die Menschheit und konnte durch die Mehreinnahmen endlich auch eine Hilfskraft einstellen, einen entfernten Neffen seines Schwagers, Nicola, der seine Sache sehr gut machte und dem Vito im Verlauf der kommenden Wochen immer mehr Aufgaben übertrug. Vito hatte zwar nicht mehr Zeit als zuvor, dennoch verbrachte er seit neuestem seine wenigen Ruhestunden vorwiegend zu Hause, und das wunderte nicht nur seine Freunde in der Trattoria.

«Warum bist du eigentlich in letzter Zeit so oft daheim?», wollte Massimo von Vito wissen, der kurz auf einen Kaffee hereingeschneit war, nur um sich drei Minuten später schon wieder vom Tresen zu entfernen und Richtung Ausgang zu hasten. Vito blieb kurz in der Tür stehen, lächelte und erklärte seinen verblüfften Freunden, dass er für ihr dummes Gerede jetzt keine Zeit habe, denn seine Anna warte auf ihn. Und damit verschwand er auch schon wieder nach draußen, während Massimo, Luigi und Mario darüber rätselten, ob er tatsächlich meinte, was er gesagt hatte.

Anna und Vito hatten sich schon immer viel gestritten, aber seitdem ihr Sohn aus dem Haus war und nur selten den Weg von Florenz, wo er Restauration studierte, nach Treviso fand, fehlte der Puffer zwischen den Eheleuten, und sie ließen ihren Frust ungehemmt aneinander aus. Die Achtung voreinander war mit den Jahren und der Erkenntnis, dass der andere auch nur ein unvollkommenes, anstrengendes und manchmal unerträgliches Wesen war, immer mehr geschwunden.

Doch seitdem Vitos Laden regelrecht boomte, war im Hause Corrisi plötzlich eine ganz ungeahnte menschliche Eigenschaft zutage getreten: die Gier. Vito und Anna gierten regelrecht nach Erfolg und dem Geld, das sie mit ihrem Familienunternehmen verdienten, und diese Gier übertrug sich letztlich auch auf alles andere.

Zuerst gierten sie nach Luxus, also mussten ein neuer Fernseher, eine neue Stereoanlage und eine Küchenmaschine her. Als das nicht ausreichte, kamen noch eine Trockenhaube, ein Hometrainer und ein ausgesprochen scheußlicher violetter Winterpelz für Anna dazu. Dann gierten sie nach Freizeit, was sie auf die Idee brachte, einen Tanzkurs zu buchen, den sie niemals besuchten, und zwei Fahrräder zu kaufen, die sie nicht benutzten. Letztlich führte es immerhin zur Festanstellung von Nicola, damit sie wenigstens im Laden etwas Entlastung verspürten. Aber dann übertrug sich ihre Gier auf etwas ausgesprochen Sinnvolles, denn ohne dass sie es erwartet hätten, gierten sie plötzlich nacheinander.

In den Jahren zuvor hatten sie kaum öfter als ein Mal

im Monat Sex miteinander gehabt, nicht selten war es auch weniger gewesen. Jetzt wollten sie kaum für ein paar Stunden voneinander lassen und staunten selbst am meisten darüber. Dabei stritten sie immer noch viel, nur beendeten sie den Streit nicht mehr damit, dass Vito das Haus verließ und in die Trattoria oder den Supermarkt flüchtete und Anna ihre Schwestern anrief, sondern sie trieben es zu Hause miteinander, im Keller, auf dem Dachboden, vor dem Fernseher, unter der Dusche. Dabei fiel ihnen auf, wie klein ihr unteres Badezimmer war, denn hier klappte es nur im Stehen, und das war im Grunde anstrengender, als es eigentlich sein sollte. Sie beschlossen daher, das Badezimmer zu vergrößern und, weil sie nun schon mal dabei waren, auch eine neue Küche einbauen zu lassen.

Nein, Vito konnte seinen Freunden nicht erklären, wie es dazu gekommen war, dass er und Anna einander wieder gefunden hatten. Er war bloß froh, dass es so war, und wenn es nach ihm ging, dann sollte es auch für immer so bleiben.

22

In der darauffolgenden Woche fuhr Maria nach Castello della Libertà, um Bürgermeister Longhi einen unangemeldeten Besuch abzustatten und damit den Arsch ihres Bruders zu retten. Als sie wieder abfuhr, war Longhi sein Amt los, Castello hatte einen medienwirksamen Skandal vorzuweisen, und dem erpresserischen Trittbrettfahrer und vermeintlichen Madonnenentführer war das Handwerk gelegt. Das war umso erstaunlicher, bedachte man, dass sich Maria nur gute drei Stunden in Castello aufgehalten hatte, in denen sie auch noch Gemüse einkaufen gegangen war, ihren Schwager besucht und ein Paar cremefarbener Damenhalbschuhe erworben hatte.

Sie hatte den Bus um neun Uhr fünfzehn genommen und stand um exakt zehn Minuten vor zehn vor dem Rathaus von Castello. Unangemeldet ging sie einfach in das Büro des Bürgermeisters, sparte sich jede Begrüßung und eröffnete ihm folgenden Vorschlag:

«Bürgermeister, ich schlage als Zeitpunkt Ihres Rücktritts elf Uhr Vormittag vor. Da bleibt Ihnen noch eine gute Stunde zum Packen. Ich denke, das sollte in diesem Fall ausreichend sein.»

Bürgermeister Longhi war sich nicht ganz sicher, ob er es in diesem Moment mit einer Wahnsinnigen zu tun hatte, noch dazu einer Wahnsinnigen mit weinroter Handtasche und Stützstrümpfen, aber etwas war ganz sicher nicht normal an dieser Dame.

«Wie kommen Sie darauf, dass ich von meinem Amt zurücktrete? Das ist ja lächerlich! Bei Ihrem Verhalten muss man sich ja ernsthaft fragen, was Sie gefrühstückt haben. Haha!» Und Longhi lachte ein betont spöttisches Lachen, das er für solche Gelegenheiten trainiert hatte, denn er fand, es wirke vernichtend auf seine Gegner. Tatsächlich aber klang es einfach nur lächerlich, so als übe ein drittklassiger Sänger für seinen Kurzauftritt auf einer großen Opernbühne. Bei Maria verfehlte es jedenfalls seine Wirkung vollkommen.

«Danke der Nachfrage, Signor Longhi, ich hatte heute ein Cornetto und einen kleinen Kaffee.» Sie lächelte. «Ich schlage vor, Sie fangen dann mal an zu packen.» Und dann eröffnete Maria Bürgermeister Longhi, dass er bei seinem Erpressungsversuch vorsichtiger hätte handeln sollen, denn den Brief in Castello aufzugeben sei keine besonders intelligente Tat gewesen. Da kämen ja nicht besonders viele Personen als Täter in Frage, noch dazu solche, die über einen Ausweis der Leihbibliothek von Castello verfügten und die ausgeliehenen Romane dann zerschnipselten, um sie, sagen wir mal, «anders arrangiert» wieder unter die Menschheit zu bringen. Er solle sie doch bitte nicht für so dumm halten, dass sie nicht verstanden hätte, wer der Missetäter sei, der das Lösegeld für die Madonna von Treviso erpressen wollte. Und jetzt habe er noch genau fünfundfünfzig Minuten, um seine Sachen zu packen und zu verschwinden.

Dann machte sie auf dem Absatz kehrt und ließ den vollkommen entsetzten Bürgermeister in seinem Zimmer zurück, ging auf den Wochenmarkt von Castello und kaufte dort Fenchel, Karotten und drei Bund Petersilie ein.

Emmanuele Benito Longhi bekam zuerst einen Schweißausbruch, dann eine Panikattacke und rannte anschließend mit enormem Tempo ins verwaiste Vorzimmer seiner sich im Urlaub befindlichen Sekretärin, wo er einen prallgefüllten wattierten Umschlag aus dem Safe nahm. Damit lief er weiter in den Hinterhof des Rathauses, wo er den Umschlag auf der Stelle in einem städtischen Mülleimer in Brand setzte. Sein Pech war es, dass er dabei beobachtet wurde, und zwar vom stellvertretenden Kommandanten der Freiwilligen Feuerwehr von Castello della Libertà, der in seinem zivilen Beruf Standesbeamter war und sich gerade auf eine Trauung vorbereitete, als er aus dem Fenster seines Amtszimmers sah und die pyromanischen Versuche des leicht wahnsinnig dreinblickenden Bürgermeisters bemerkte.

Geistesgegenwärtig nahm der Standesbeamte die Blumenvase vom Tisch, schmiss die darin stehenden Rosen auf den Fußboden und rannte seinerseits in den Hinterhof, wo er das Blumenwasser auf Longhis zündelnden Umschlag goss. Später hieß es sogar, der Kommandant habe den Ort vor einem Großbrand bewahrt. Danach zog er den stark verkohlten und durchnässten Umschlag aus dem Mülleimer und schaute nach, was darin war. Zu seinem großen Erstaunen offenbarte sich ihm eine angesengte und zerschnittene Ausgabe von Margaret Mitchells «Vom Winde verweht».

Keine Stunde später hatte sich die Nachricht vom Rücktritt des Bürgermeisters in ganz Castello verbreitet, und man war sich einig, dass dies nur recht und billig war, denn welches Dorf wollte schon einen pyromanisch veranlagten Faschisten zum Bürgermeister, der das Eigentum der städtischen Leihbücherei zerstörte?

Maria Braschi erwarb noch schnell ein Paar neue, schmalgeschnittene Schuhe mit dezentem Absatz, die hervorragend zu ihrem cremefarbenen Kostüm passen würden, schaute auf einen Sprung bei ihrem Schwager vorbei und machte sich anschließend in aller Ruhe auf den Heimweg nach Treviso. Sie war mit ihrem Besuch in Castello sehr zufrieden. Für die Schuhe hatte sie ganze dreißig Prozent Rabatt aushandeln können.

23

«Woher wusstest du, dass es der Bürgermeister war?»

Maria und Luigi saßen im Hinterzimmer seines Salons und tranken Kaffee, während sie ihm über jedes Detail ihres Ausflugs nach Castello della Libertà Bericht erstattete. Luigi hatte sich über Marias Schilderungen sehr amüsiert, besonders als sie ihm vormachte, wie dem Bürgermeister das Gesicht entgleist war, während ihm klarwurde, dass ihn eine ältere Witwe mit Stützstrümpfen überführt hatte – was der Mann dann auch noch laut gesagt hatte. Maria war entsprechend stolz auf ihre Tat.

«Ich hab es mir einfach gedacht», antwortete sie. «Wer sonst hätte wohl ein Interesse daran gehabt, unseren Bürgermeister in Schwierigkeiten zu bringen? Und wer wäre sonst so blöd gewesen, den Erpresserbrief in den Briefkasten um die Ecke einzuwerfen? Er hätte dafür ja wenigstens in eine Nachbargemeinde fahren können, dann wäre es nicht ganz so offensichtlich gewesen.»

«Und das Buch? Woher wusstest du von dem Buch?»

Da lächelte sie, lehnte sich zufrieden in ihrem Stuhl zurück und blickte ihrem Liebsten ins Gesicht.

«Es hat eine Weile gedauert, bis ich darauf gekommen bin, aus welchem Buch der Text zusammengeschnitten war. Aber Margaret Mitchells ‹Vom Winde verweht› ist der Roman, den ich Kulturbanause am häufigsten in meinem Leben gelesen habe, und das Exemplar der Leihbücherei von Castello kenne ich in- und auswendig. Ich hab nämlich mal ein Glas Wein darauf verschüttet, genau auf der Seite, auf der Rhett Butler Scarlett O'Hara ein Miststück nennt, und der Fleck war selbst im Erpresserbrief noch deutlich zu erkennen. Es gibt nur eine andere Person in Castello, die das Buch wahrscheinlich ebenso oft ausgeliehen hat wie ich, und das ist Signora Longhi, die Frau des Bürgermeisters von Castello. Die hat nämlich auch keine Kultur!» Maria lachte und kippte ihren Kaffee hinunter.

«Das ist doch gar nicht wahr», entgegnete Luigi, «du bist eine sehr kultivierte Frau. Du willst dich doch nicht etwa mit diesen, diesen ...», Luigi rang um das passende Wort, «diesen Castellesi vergleichen!»

«So wie du das sagst, klingt es wie eine echte Beleidigung. Bedenke, dass ich auch eine Castellese bin. Ich habe dort lange Zeit gelebt.»

Luigi schüttelte den Kopf.

«Nein, mit diesem faschistischen Gesocks hast du

nichts gemein!» Er stellte mit Nachdruck seine Kaffeetasse auf den Tisch und ergriff Marias Hand, um diese kurz und beherzt zu drücken.

«Danke! Und nun küss mich auf den Mund, und dann verschwinde ich, denn ich muss meinem Bruder noch Bericht erstatten und mir etwas überlegen wegen diesem Francesco de Renzi, der morgen kommen will.»

«Hast du nachher noch Zeit? Wir könnten zusammen zu Abend essen», schlug Luigi vor. Maria nickte. «Bis später also!»

«Ja, bis später.»

24

Lieber Giorgio,
habe gestern einen Amerikaner kennengelernt. Nächste Woche heiraten wir – in Las Vegas! Willst Du unser Trauzeuge sein?
Küsse, Tarja

PS: War nur Spaß. Las Vegas finde ich total uncool … Vermisse Dich. Berlin ist so … leer ohne Dich. Noch einen Kuss, T.

25

An diesem kalten Nachmittag im Januar legte sich eine magere Schneedecke auf Treviso und ließ die Welt ein wenig stiller werden, ganz so, als hätte man dem sonst so lauten Treiben in dem Dörflein eine kurze Atempause verordnet. Die Pilger zogen sich in ihre Quartiere zurück, die Katzen und Hunde hielten sich bevorzugt unter den – zugegeben schwach erwärmten – Heizkörpern auf, der Supermarkt war wie leer gefegt, auf dem Dorfplatz warf ein einziges Kind gedankenverloren seinen Fußball gegen die Kirchenwand und wurde weggescheucht, und der Blumenladen war heute sogar geschlossen, denn der Lieferwagen war nicht bis nach Treviso vorgedrungen, weil die Straßen so rutschig waren. Nur die Trattoria war gut besucht, und auf die Straße drangen gedämpftes Lachen und das Klirren von Geschirr.

Maria legte die letzten Schritte zum Friseursalon von Luigi vorsichtig zurück, denn das Kopfsteinpflaster war glatt, und sann über die Worte ihres Bruders nach. Der hatte sich zwar außerordentlich über den Rücktritt des Bürgermeisters von Castello gefreut, war jedoch gleich wieder in Panik geraten, als er auf den bevorstehenden Besuch des vatikanischen Abgesandten zu sprechen kam, und ließ nun seiner Angst freien Lauf. Nichts fürchtete er mehr als die Blamage, die eine peinlich genaue Untersuchung des Wunders der weinenden Madonna mit sich bringen würde. Jeder Versuch, ihn zu beruhigen, schlug fehl, und letztlich war Maria es leid und machte sich auf den Weg zu Luigi, als ihr Bruder ihr bereits beim Verlassen des Hauses aus der Küche nachrief: «Sei ja morgen früh pünktlich um zehn Uhr zu Hause! Ich brauche dich hier, Schwester!»

Er ging offenbar selbstverständlich davon aus, dass Maria aushäusig übernachten würde, obwohl dies doch in den ganzen letzten Wochen und Monaten noch nicht ein einziges Mal vorgekommen war. Was sagte man dazu? Offenbar hatte ihr Bruder sich an ihre Beziehung zu Luigi gewöhnt. Und wie stand es mit ihr?

Luigi war gerade dabei, den Fußboden zu fegen und die spärlichen grauen Locken, die Carlotta Brasini, Ernestos Frau, bei ihm gelassen hatte, dem Mülleimer zu übereignen. Immerhin gab es seit dem Wunder der weinenden Madonna mehr Kundschaft, auch in seinem Friseursalon, und Luigi dachte über einige innovative Veränderungen bezüglich der Auslagengestaltung nach. Maria fand ihn, wie er, gestützt auf seinen Besen, nachdenklich zu seinem Schaufenster hinüberblickte.

«Wovon träumst du denn, mein Liebster?», fragte sie zur Begrüßung.

«Von dir, meine Liebste, ich träume von dir.» Er stellte den Besen weg, griff sie um die Hüften. «Schon etwas gegessen, Signora Braschi?» Als sie verneinte, holte er aus der kleinen Küche im Hinterzimmer des Salons zwei Teller mit Antipasti hervor und öffnete noch eine Flasche Wein mit den Worten: «Der ist nicht aus der hiesigen Enoteca!»

«Wie beruhigend», stellte sie fest.

«Möchtest du etwas Musik hören?»

«Gern. Was steht zur Auswahl?»

Luigis CD-Sammlung war nicht eben groß, und obwohl sich seine Kundinnen sehr wohl für Mina begeistern konnten, war dies bei Maria leider nicht der Fall. Also hörten sie Radio und plauderten, aßen und tranken, bis es immer später wurde. Fast beiläufig ließ Maria fallen, sie habe keine Eile zu gehen und könne ja vielleicht heute hier übernachten. Luigi gab sich offensichtlich alle Mühe, nicht zu überrascht auszusehen, aber es gelang ihm nicht.

«Natürlich nur, wenn das für dich in Ordnung ist», fügte sie hinzu.

«Selbstverständlich.» Er holte Luft. Er wollte etwas sagen, etwas Wichtiges. Er wollte ihr mitteilen, wie glücklich er war und dass er dies nicht für möglich gehalten hatte, nicht nach der großen Traurigkeit seiner letzten Jahre. Er wollte ihr sagen, dass er sie liebte.

«Maria ...» Er sah sie an, und vor Anspannung wanderten Denkfalten über sein Gesicht.

«Ich weiß es, Luigi, ich weiß es längst.»

«Aber ich möchte es dir sagen», protestierte er.

«Später.»

Im Radio spielten sie Paolo Contes «Alle prese con una verde milonga». Sie nahm seine Hand, küsste seinen Unterarm, legte ihn um ihre Taille und verharrte so eine ganze Weile. Dann standen beide auf, umarmten sich und begannen aus der Umarmung heraus, sich sanft zu wiegen, links, rechts, links, bis daraus ein Tanz wurde, die Hände ineinandergelegt, ihr Busen an seiner Brust und ihrer beider Füße dicht dem anderen folgend. Mit der Zeit wurden sie mutiger, begannen sich zu drehen, wagten hie und da einen Ausfallschritt, verloren den Takt und begannen von neuem. So bewegten sie sich zwischen den Frisierstühlen im Halbdunkel des Salons hin und her, bis das Lied zu Ende war. Luigi stellte das Radio ab.

Im kleinen Zimmer hinter dem Salon hatte er eine alte Chaiselongue aufgestellt, denn manchmal machte er eine kurze Pause und ruhte sich dort aus, wenn gerade keine Kundinnen im Laden waren. Darauf legten sie sich nun, nachdem sie ihre Kleider ausgezogen hatten. Er fühlte ihre nackte, warme Haut, ihre Brüste.

Maria strich ihm sanft über sein Gesicht, den Rücken, den Hintern. Es war gut, den anderen zu spüren, ihm durch das Haar zu streichen, ihm den Weinatem vom Mund zu küssen. Sie schlangen Arme und Beine umeinander und liebten sich.

Später langte Luigi mit dem Arm hinüber zum Radiogerät und stellte es wieder an. So lagen sie zusammen im Dunkeln unter einer alten Wolldecke und hörten, wie es Mitternacht wurde.

Vierter Teil

I

Eine Folge des unerwarteten Rücktritts von Bürgermeister Longhi war die inoffizielle Aufhebung der offiziellen Straßensperre von Castello nach Treviso. Longhis Nachfolger war noch nicht im Amt, als die Bewohner Trevisos die Gelegenheit ergriffen und in der Nacht heimlich alle Absperrgitter, Bänder und Umleitungsschilder verschwinden ließen. Die Touristen, die trotz des Wintereinbruchs noch immer in Scharen nach Treviso pilgerten, freute dies natürlich sehr, denn nun nahm die Fahrt von Castello nach Treviso keine fünfundzwanzig, sondern nur noch zehneinhalb Minuten in Anspruch. Es war daher von Vorteil, dass der Schwager Marias und Don Antonios zum Telefonhörer griff, als er den Wagen mit dem vatikanischen Kennzeichen vorbeifahren sah, und im Pfarrhaus von Treviso anrief, um Don Antonio zu warnen, denn ab diesem Zeitpunkt hatte er, wie gesagt, nur noch zehneinhalb Minuten Zeit, sich auf das Ankommen des Abgesandten seelisch vorzubereiten. Diese Zeitspanne reichte aus, um in einen Zustand verzweifelter Panik zu verfallen, und das war in jedem Fall eine berechtigte Reaktion.

Don Antonio raffte all seine Selbstachtung zusammen und rief Maria, während er durch die Hintertür flüchtete, zu, sie solle de Renzi eine Weile aufhalten, er müsse noch einmal dringend weg. Und schon war er hinausgelaufen und in Richtung Kirche verschwunden. Etwas außer Atem kam Don Antonio in der Krypta an.

«Du musst mir helfen!», platzte es aus ihm heraus.

«So, muss ich das?», fragte Don Ignazio, der mit skeptischem Blick auf einem Steinsarg hockte.

«Dieser vatikanische Kommissar ist im Anmarsch, und ich habe keine Ahnung, was ich machen soll.»

Don Ignazio wippte ein wenig mit dem Kopf. Er war es ja beinahe schon gewohnt, dass man ihn in hoffnungslosen Fällen konsultierte, aber dieser hier schien besonders hoffnungslos zu sein.

«Na, das fällt dir aber früh ein. Da hättest du dir schon vorher etwas überlegen können. Wenn du meinen Rat willst, mein Sohn, dann pack jetzt deine Sachen und freu dich auf einen Lebensabend im sizilianischen Nonnenkloster. Gute Reise!»

Doch Don Antonio war eindeutig nicht zu Scherzen aufgelegt. Ihm stand das Wasser bis zum Hals, und es musste eine Alternative zum Ertrinken geben.

«Das ist nicht dein Ernst! Jetzt denk nach, alter Mann, was kann ich tun, um de Renzi aufzuhalten?»

Don Ignazio sah zu seinem ehemaligen Schützling hinüber.

«Hast du gerade *de Renzi* gesagt?»

«Jawohl, Francesco de Renzi, seines Zeichens Gesandter im Auftrage der päpstlichen Kurie, mir den Garaus zu machen!»

«Seltsam», murmelte Don Ignazio, «ich kannte mal einen de Renzi. Aber das ist lange her ...» Er kaute gedankenverloren an seinen Fingernägeln. Dann sagte er: «Wie viele Pilger sind gerade oben in der Kirche versammelt?»

«Keine Ahnung. Eine Gruppe aus Coimbra müsste heute Morgen angekommen sein, etwa sechzig Leute. In einer Stunde ist Messe. Warum fragst du?»

«Herzlichen Glückwunsch, mein Sohn», und Don Ignazio strahlte ihn an, «du wirst deine erste Messe auf Portugiesisch halten!» Und noch bevor Don Antonio fragen konnte, was der damit meinte, hatte er auch schon verstanden und rannte einen Stock höher in den Kirchenraum, um den leicht irritierten Pilgern zu eröffnen, dasch man einen hohen Gascht ausch dem Vatikan erwarte, den man ganzsch herzschlisch begrüschen schollte und dem zschu Ehren esch jetscht eine Schondermesche gäbe – em Português!

2

Ein großer schwarzer Wagen fuhr durch Treviso und suchte seinen Weg zu Don Antonios Haus. Vorbei an Vitos Supermercato und Luigis Friseursalon überquerte er den Hauptplatz, ließ das Rathaus rechts- und die Kirche linksseitig liegen, bog um die Ecke von Massimos Trattoria und Hotelbetrieb und fuhr schließlich auf der

Einfahrt des Pfarrhauses vor. Ihm entstieg ein streng aussehender Herr in Schwarz, dessen hageres Gesicht wenig Begeisterung für die Schönheiten Trevisos zu zeigen schien. Francesco de Renzi hatte eine sehr verschlossene Seele. Er konnte sich nur für wenige Dinge im Leben begeistern, und Landschaften im Januar gehörten nicht dazu, ebenso wenig wie Mitmenschen jeglicher Art. Francesco de Renzi hatte als Kind einmal einen Hund gehabt, den er sehr liebte. Es war die größte emotionale Bindung, die er je zu einem anderen Wesen eingegangen war. Seit der Labradormischling gestorben war, hatten es weder Mensch noch Tier geschafft, wieder so weit zu seinem Inneren vorzudringen.

Ob Sonnenauf- oder -untergänge, kleine Kinder oder Hundewelpen, nichts und niemand fand seinen Weg in das Herz von Francesco de Renzi, denn er hasste nichts mehr als das Klischee. Dennoch hatte er eine verborgene Leidenschaft entwickelt, von der niemand wissen durfte, weil sie seinem Amt so wenig angemessen war: Francesco de Renzi liebte Popmusik. Mit Orgeltönen konnte er nichts anfangen, Klaviersonaten ließen ihn kalt, Geigen lösten Magenkrämpfe in ihm aus, und beim Ton einer Klarinette bekam er Schweißausbrüche. Aber sobald sein Fahrer einen Popsender im Autoradio eingestellt hatte, entspannte sich de Renzis gesamte Muskulatur, wippte sein Fuß im Verborgenen des Wagenfonds heimlich mit, trommelten seine Finger den Rhythmus der Songs und formten seine Lippen still die Worte eines Hits mit. Francesco de Renzi liebte alles, was billiger Pop war, und sein Chauffeur sah in ihm den großzügigsten Menschen der Welt, denn sein Vorgesetzter verlangte nie, dass er während ihrer langen Autostunden einen anderen Sender einstellte, obwohl die Top 40 doch ganz sicher nicht die Musikausrichtung eines vatikanischen Abgesandten sein konnten.

Und so entstieg Francesco de Renzi seinem schwarzen Wagen an diesem Morgen des 20. Januar mit den Klängen von «Cry me a river» von Justin Timberlake im Ohr, während er pflichtschuldig Maria die Hand gab und sich nach ihrem Herrn Bruder erkundigte.

3

Er war einiges gewohnt, aber diese Messe übertraf seine kühnsten Befürchtungen bei weitem. Noch nie hatte Francesco de Renzi es erlebt, dass ein Pfarrer und seine Gemeinde so aneinander vorbeiredeten, jedenfalls nicht seit dem Zweiten Vatikanischen Konzil. Die Gläubigen verstanden ganz offensichtlich kein Wort von dem, was Don Antonio von sich gab, denn wer hätte hinter den Worten «Honore schei Gottsch insch der Hösche!» schon eine Aufforderung zur Ehrung des Allmächtigen vermutet und hinter der «Schtoria von Jeschusch und den zwei Bacalhau» die Geschichte von der Speisung der Fünftausend?

Don Ignazios Plan ging tatsächlich auf, und der lautete schlicht: Wenn du eine Katastrophe verhindern willst, dann stifte Verwirrung. Das tat Don Antonio nach Leibeskräften. Frei nach dem portugiesischen Idiom sch-te und zischte er, dass es eine Freude war, nur hatte seine seltsame Aussprache nicht das Entfernteste mit wirklichem Portugiesisch zu tun. Das fiel nach spätestens zwei Sätzen auch den Pilgern aus Coimbra auf, aber aus Höflichkeit wagte keiner, den Pfarrer auf seine mangelnden Sprachkenntnisse hinzuweisen. Also machte dieser munter weiter und brachte es sogar fertig, die Gläubigen zum Mitsingen eines «Kirschenfadosch», also eines Kirchenliedes, aufzufordern.

Die wenigen Trevisaner, die während der Messe anwesend waren, machten sich ihre ganz eigenen Gedanken über das seltsame Verhalten ihres Pfarrers. Rosa Fiorentini, selbst Trägerin eines Kassengestells aus dritten Zähnen, war davon überzeugt, dass der Pfarrer ein schlechtsitzendes Gebiss trug, während Ernesto Brasini sich ganz sicher war, dass Don Antonio schlichtweg betrunken war, was ihm deutliche Kritik der anwesenden Damen und den Kommentar, wer im Glashaus sitze, solle nicht mit Steinen werfen, einbrachte. Ernesto wiederum goutierte dies mit der Bemerkung, er sitze hier nicht im Glashaus, sondern in der Kirche, und das sei ein Unterschied, den er selbst nach zwei Flaschen Wein noch erkennen könne.

Maria, die im Hintergrund der Kirche auf der letzten Bank Platz genommen hatte, sah ihrem Bruder mit

Erstaunen dabei zu, wie er sich um Kopf und Kragen redete, um de Renzi von der weinenden Madonna abzulenken, was ihm zunächst auch gelang, denn nach der Messe, die Don Antonio mit einem lauten «Deiusch schegne eusch» beendete, brauchte der Gesandte des Vatikans erst einmal ein wenig frische Luft und verabsäumte es dadurch, einen intensiveren Blick auf die Madonna zu werfen, die ohnehin von sechzig fotografierenden portugiesischen Pilgern belagert wurde. Nach einigen Minuten trat Don Antonio aus der Kirche und ging auf seinen Gast zu, um ihn zu begrüßen.

«Herzlich willkommen in unserer Gemeinde, Monsignor de Renzi!» Don Antonio hatte sein liebenswertestes Gesicht aufgelegt und streckte dem vatikanischen Besuch seine Hand zur Begrüßung entgegen, die dieser widerwillig ergriff, um dann in ironischem Unterton Don Antonio zu seinem außerordentlichen Sprachentalent zu gratulieren. Er, Francesco de Renzi, habe zwar kein Wort verstanden, aber er sei sich sicher, dass er da der Einzige sei, und in welcher Sprache der Pfarrer denn soeben gepredigt habe, denn Portugiesisch spreche er, de Renzi, sehr gut, und das habe es ja unmöglich sein können.

«Mein Bruder ist einer der führenden Experten auf dem Gebiet der Esperantoforschung», meldete sich Maria zu Wort. Und bevor noch einer der umstehenden Herren sein Erstaunen über diese Erklärung äußern konnte, fügte sie hinzu: «Monsignor de Renzi, es ist uns eine große Freude, Sie zum Mittagessen ins Pfarrhaus zu bitten. Ihr Fahrer ist selbstverständlich auch eingeladen. Wenn ich bitten darf – hier entlang.»

Damit schob sie den etwas verblüfften de Renzi sanft, aber bestimmt auf den Weg zum Haus ihres Bruders und verwickelte ihn in ein Gespräch über die regionalen Delikatessen von Treviso. Don Antonio beeilte sich, den beiden nachzulaufen, und konnte sich einer gewissen Bewunderung für seine Schwester nicht erwehren. Als er jedoch hörte, wie Maria Francesco de Renzi vom hervorragenden Weinsortiment der örtlichen Enoteca vorschwärmte und ihn aufforderte, dort doch bei seinem Besuch einzukehren, war er sich sicher, dass sie verdammt sei, denn diese Lüge war eine größere Sünde, als er sie je begangen hatte. Dagegen nahm sich die präparierte Madonna wie ein harmloser Bubenstreich aus.

4

Francesco de Renzi kam heute nicht mehr dazu, sein Gutachten zur weinenden Madonna von Treviso zu erstellen. Er kam auch am nächsten Tag nicht dazu, ebenso wenig wie am übernächsten. Was zunächst nach einem einfachen Fall ausgesehen hatte, entpuppte sich dank der emsigen Bewohner Trevisos, die ihn mit allen möglichen Anliegen, Wünschen, Einladungen und Verpflichtungen überhäuften, als weit schwieriger zu erforschen, als er es eingangs vermutet hätte. Doch diese Ortschaft war entweder die gastfreundlichste, die er je gesehen hatte, oder aber das hinterhältigste, korrupteste und sündhafteste Nest der Welt.

An jenem Mittwoch wurde er im Haus des Pfarrers Don Antonio mit Unmengen an vermeintlichen Spezialitäten gemästet, die abzulehnen ihm einfach unmöglich war, denn die aufdringliche Schwester des Pfarrers ließ ihn kaum zu Wort kommen, geschweige denn Luft holen, da sie ihm einen Käse nach dem anderen servierte, ihn mit Wein abfüllte und dazu noch allerhand Salami, Oliven, Brot und Obst auftischte. Als er sich endlich erheben und mit seiner Untersuchung beginnen wollte, musste er zu seinem Erstaunen hören, dass nun das Mittagessen serviert sei. Danach war er derart erschöpft, dass er sich tatsächlich zu einer Mittagsstunde überreden ließ, denn ohne ihn zu fragen, hatte man bereits bei Massimo ein Zimmer reserviert und sein Gepäck dorthin geschafft.

Kaum war er aber in der Trattoria angekommen, lud man ihn unaufgefordert zu einem Aperitivo ein und zwang ihn, ein weiteres Glas Rotwein, einen Grappa und einen undefinierbaren Kräuterlikör zu trinken. Dazu gab es verschiedene Häppchen und Salzgebäck und schließlich die Einladung zum Abendessen. Nur mit Mühe konnte de Renzi die Leute davon überzeugen, dass er sich einen Augenblick frisch machen müsse. Man ließ ihn ungern ziehen und trank noch eine Runde auf sein Wohl, bevor man ihm endlich das Zimmer zeigte. Kaum war er allein, sank Francesco de Renzi auf sein Bett und erwachte erst, als es bereits dunkel war. Als er bei Massimo den Wunsch äußerte, die Madonna zu inspizieren, teilte der ihm mit Bedauern mit, dass die Kirche von Treviso des Nachts nicht beleuchtet sei, da es an Geld fehle, die Lichtanlage zu reparieren. Tatsächlich hatte es einen Kabelbrand in der Lichtanlage gegeben, nachdem Maria alle fehlenden dreiundzwanzig Glühbirnen wieder eingeschraubt hatte. Nun zündete man stattdessen Kerzen an, doch bei Kerzenschein war keine vernünftige Untersuchung des Wunders möglich, und darum blieb es vorerst bei der Betrachtung der weinenden Madonna aus sicherem Abstand.

Das Ganze wiederholte sich auch in den nächsten zwei Tagen: Er nahm an der Morgenmesse teil und warf währenddessen einen kurzen Blick auf die weinende Madonna von Treviso, aber noch bevor er auch nur in die Nähe der Figur kam, hatte man ihn bereits zum Essen eingeladen und aus der Kirche entfernt. Natürlich kam ihm dieses Verhalten verdächtig vor, de Renzi war schließlich kein Narr, aber bald schon begann er, die Aufmerksamkeit, die man ihm schenkte, ein wenig zu genießen. Man war ausgesprochen nett zu ihm, ja, man buhlte beinahe um seine Gegenwart, und gerade weil dies in Francesco de Renzis Leben etwas ganz und gar Unübliches war – er hatte nie viele Freunde gehabt und galt auch sonst von Kindesbeinen an als kein sonderlich geselliger Mensch –, verfehlte das Verhalten der Trevisaner nicht seine Wirkung.

Es wäre wohl dabei geblieben, wäre am vierten Tag nicht Bischof Santini auf den Plan getreten, geplagt von Selbstvorwürfen über sein Verhalten dem armen Don Antonio gegenüber, den er im Stich gelassen hatte. Sofort fragte er de Renzi nach den Fortschritten bei seiner Untersuchung und erinnerte ihn damit daran, dass er nicht hier war, um Salami, Käse und gefüllte Tomaten zu verspeisen. Wäre nicht Salvatore Tarlo an diesem Tag auf die Idee gekommen, dass die Kirche von Treviso dringend eines neuen Anstrichs bedurfte, Francesco de Renzi hätte es beinahe bei Tageslicht geschafft, allein in das Innere der Kirche vorzudringen. So aber lud de Renzi den Bischof auf eine Portion Pasta al pomodoro bei Massimo ein und erzählte von seinen Abenteuern als Kommissar des Vatikans im fernen Brasilien.

5

«Ja, aber ist das nicht eine etwas, wie soll ich es ausdrücken, *drastische* Maßnahme?» Der Bischof war sich nicht ganz sicher, ob er de Renzis Vorhaben gutheißen konnte, immerhin könnte das Kunstwerk dabei Schaden erleiden. Doch Francesco de Renzi ließ keinen Widerspruch gelten.

«Nein, Bischof, der Wahrheit muss Genüge getan werden. Eine Röntgenuntersuchung ist die einzige Möglichkeit, um einer möglichen Scharlatanerie auf die Schliche zu kommen. Sehen Sie, Bischof, ich arbeite schon sehr lange in diesem Bereich und habe die unglaublichsten Dinge gesehen: Darunter war nicht ein einziges echtes Wunder Gottes! An der Echtheit der weinenden Madonna von Treviso gibt es so viele berechtigte Zweifel, dass ich sie hier gar nicht alle aufzählen kann. Nein, ich bestehe darauf, eine Röntgenuntersuchung ist in diesem Fall unerlässlich.»

Das sah Bischof Santini ein. Immerhin hatten die Einwohner Trevisos ihr Bestes gegeben, um den Kommissar von der Madonna fernzuhalten, und das musste ja früher oder später Verdacht erwecken.

In der Tat war man in Treviso sehr enttäuscht über den Umstand, dass man Francesco de Renzi zwar von morgens bis abends verköstigt und belustigt hatte, als wäre er der längst verloren geglaubte Cousin aus Übersee, der nach Jahrzehnten den Weg zurück in die Heimat findet, dass dies aber wenig gefruchtet hatte.

De Renzi hatte sich glänzend amüsiert, bis der Bischof aufgekreuzt war, doch nun war er offenbar der Ansicht, dass er tun musste, was von ihm verlangt wurde. Ja sicher, man hatte ihn eingeladen, ihn freundlich behandelt, ihm Speisen, Getränke und allerhand sonst gereicht, aber er war davon überzeugt, dass man dies nicht aus reiner Gastfreundschaft oder gar Sympathie getan hatte, sondern aus Berechnung. Damit tat er den Trevisanern aber unrecht: Natürlich wollten sie ihn von seinem Vorhaben abbringen, das Wunder der weinenden Madonna aufzudecken, aber sie taten dies auf eine besonders liebenswürdige Art und Weise. Dass de Renzi dies nicht zu schätzen wusste, kränkte ihr Gerechtigkeitsempfinden, denn nach Ansicht der meisten Trevisaner konnte man das eine Vergehen durch eine andere Tat wiedergutmachen. Das war immerhin das Prinzip der Buße, wie es die katholische Kirche predigte.

Dass Francesco de Renzi nun verlauten ließ, er beabsichtige, eine intensive Untersuchung der Madonna bereits am nächsten Tag durchzuführen, wozu auch eine Röntgenuntersuchung, die er unter örtlichen Gegebenheiten vornehmen lassen wollte, und die Entnahme einer Probe der blutroten Tränen gehörte, sorgte in Treviso für Unbehagen bei den Leuten. Und auch bei Don Antonio, dem bis dahin immer noch keine zündende Idee gekommen war, wie man Francesco de Renzi von der Echtheit des Wunders von Treviso überzeugen konnte. Beinahe begann man dafür zu beten, es möge ein weiteres Wunder geschehen und alles gut werden.

6

Das Wunder geschah, denn Salvatore Tarlo hatte eine Idee. Sie war ihm nachts im Schlaf gekommen. Am Tag zuvor hatte er den Zahnarzt von Castello aufsuchen müssen, weil ihn die rechte untere Kieferhälfte schmerzte, und der Arzt hatte durch ein Röntgenbild festgestellt, dass Salvatore noch alle vier Weisheitszähne besitze und man diese leider entfernen müsse.

Nun wusste Salvatore ziemlich genau, dass derselbe Zahnarzt ihm erst drei Jahre zuvor den letzten Weisheitszahn gezogen hatte. Er erinnerte sich deshalb so gut daran, weil er nach dieser Behandlung eine ganze Woche lang krank im Bett gelegen hatte und ihm dadurch ein profitabler Auftrag entgangen war, bei dem er nicht weniger als fünfzehn geschnitzte Delphine an ein Altenheim in Padua hätte liefern sollen. Diese waren stattdessen von einem Versandhaus aus Übersee bezogen worden.

Wie sich herausstellte, hatte der Arzt die Röntgenbilder vertauscht, und in Wirklichkeit hatte Salvatore lediglich ein Loch in einem Backenzahn, während eine andere Patientin nun leider ihre Weisheitszähne verlieren würde. Und genau das brachte Salvatore Tarlo auf eine Idee.

Am nächsten Tag klopfte er bereits gegen sechs Uhr dreißig an die Hintertür des Pfarrhauses. Um sechs Uhr zweiunddreißig hörte er ein leichtes Fluchen, als jemand gegen einen Kübel stolperte, vermutlich den Schirmständer umschmiss, um dann anschließend unter schmerzhaften Verwünschungen den Schlüssel umzudrehen und die Tür einen Spaltbreit zu öffnen.

«Einen wunderschönen guten Morgen, Don Antonio.»

«Hm.»

«Darf ich reinkommen?»

«Hm.»

«Ich habe eine Idee, wie wir den vatikanischen Kommissar loswerden können.»

«Hm?»

«Wenn ich reinkommen dürfte, könnte ich dir die Sache vielleicht genauer erklären.»

«Hm, hm.»

«Es ist arschkalt hier draußen. Mach endlich die Tür auf!»

Stattdessen schlug die Tür zu. Daraufhin brüllte Salvatore durch die geschlossene Tür hindurch: «Wir vertauschen einfach die Madonna!»

Nach einer langen, schweigsamen Minute öffnete sich die Tür ruckartig, und Don Antonio zischte: «Nicht so laut! Du weckst ja alle Leute auf! Komm rein.»

Salvatore trat ein. Fünf Minuten später hatte sich die Laune Don Antonios massiv gebessert, und er hatte zum ersten Mal seit Tagen das Gefühl, dass nun doch noch alles gut würde.

7

«Wie stellt ihr zwei euch das eigentlich vor?» Doktor Lorenzo schüttelte den Kopf. «Soll ich still und heimlich die Aufnahme einer falschen Madonna machen und durch de Renzi an den Papst schicken lassen, mit schönen Grüßen vom Dorfarzt aus Treviso? Tut uns leid, aber wir bescheißen die heilige römische Kirche nur zum Wohle ihrer Gläubigen?»

«So in etwa hatten wir uns das gedacht.» Salvatore Tarlo beschlich allerdings das Gefühl, dass Doktor Lorenzo seinem Plan vielleicht doch nicht so vorbehaltlos zustimmen würde, wie er gehofft hatte.

«Ehrlich gesagt, möchte ich ungern mein Seelenheil durch Ärger mit der Obrigkeit aufs Spiel setzen», entgegnete Doktor Lorenzo.

«Da kann ich dich beruhigen», sagte Don Antonio, «ich habe einen guten Draht zu Gott.»

«Ich spreche nicht von *der* Obrigkeit, ich meine die italienische Ärztekammer. Mein Röntgengerät ist doch gar nicht mehr zugelassen, oder was glaubst du, warum ich alle meine Patienten zu Doktor IchverdienemireinegoldeneNase in HolmichderTeufel della Libertà schicke, weil dessen Praxisausstattung nun mal gute fünfundvierzig Jahre jünger und besser ist als meine?» Doktor Lorenzo warf einen entnervten Blick auf sein Gegenüber.

«Aber es wäre ja gar kein Mensch, sondern nur eine Holzfigur, die du röntgen sollst», begann Salvatore von neuem. Das schien Doktor Lorenzo jedoch nicht im Mindesten zu überzeugen.

«Nur eine Holzfigur! Da tönt ganz Treviso seit Wochen von der weinenden Madonna, dann wird sie entführt, nun taucht auch noch dieser Scheinheilige aus dem Vatikan bei uns auf, und du sagst, es ist nur eine Holzfigur?»

«Dottore, ich kenn das gute Stück in- und auswendig. Glauben Sie mir, es ist nur eine Holzfigur.»

Doktor Lorenzo ließ sich in seinen Sessel fallen, der hinter seinem vollgeräumten Schreibtisch stand, und ließ hörbar seinen Atem durch den Mund entweichen, während sich Don Antonio und Salvatore Tarlo vor dem Tisch aufgebaut hatten und ihn erwartungsvoll anblickten. Der Doktor griff in eine der Schubladen, holte ein Formular hervor, kritzelte etwas darauf und überreichte es wortlos Salvatore.

«Was steht da?», wollte der wissen.

«Da steht: Überweisung in die psychiatrische Anstalt von Vicenza», antwortete der Doktor. «Ihr zwei seid schlicht bekloppt, wenn ihr glaubt, ich mache da mit.»

«Also Dottore, Sie können vieles von mir behaupten, aber ich bin doch kein Fall für …», wollte Salvatore gerade protestieren, doch Don Antonio winkte ab.

«Komm», sagte er zu Salvatore und griff ihn am Arm, um seine Absicht zu gehen anzudeuten, «der Doktor ist einfach nicht daran interessiert, uns zu helfen. Schade eigentlich, wo wir doch schon das viele Geld gesammelt hatten …» Natürlich war Don Antonio klar, dass dies ein mehr als nur billiger Versuch war, den Doktor zu bestechen, aber er wollte nichts unversucht lassen. Zu seiner Überraschung ging Lorenzo darauf ein.

«Wie viel Geld?», wollte er wissen.

Don Antonio lächelte.

«Wie passt es dir morgen, so gegen zwei Uhr nachmittags? Wäre das ein guter Termin für die Untersuchung?»

Der Doktor nickte. «Morgen um zwei passt hervorragend. Wem darf ich die Untersuchung in Rechnung stellen?»

8

Liebster Giorgio,
habe von Dir geträumt. Du hattest eine Gladiatorenrüstung an und hast mit George Clooney gekämpft. Er hat gewonnen. Der Preis war eine Kaffeemaschine. Ich war die Kellnerin in einem alten Kaffeehaus und habe nicht gewusst, wie ich die Clooney-Kaffeemaschine bedienen sollte. Zum Glück wurde der Laden dann bombardiert, und ich konnte gerade noch rechtzeitig entkommen, weil ich gar keine Kellnerin, sondern in Wahrheit Geheimagentin war. Du bist leider gestorben. George Clooney allerdings auch. Küsse und Grüße aus Wien, Tarja

9

Eigentlich hatte der Bürgermeister sich das ganz anders vorgestellt. Er hatte an eine Plakette gedacht, golden und mit schwarzen Buchstaben darauf, die er am Eingang anbringen lassen wollte. Außerdem hatte er seinen Neffen Giorgio schon mit dem Design neuer

Prospekte beauftragt, mit denen er für Trevisos neue Attraktion werben wollte. Nun sollte daraus nichts werden. Bürgermeister Mario war zutiefst enttäuscht. Zwar war er sich der Tatsache bewusst, dass die Spenden ursprünglich als Lösegeld für die entführte Madonna gedacht waren, doch jetzt war die Madonna ja wieder da, und so hatte er schon seit Tagen einen Gemeinderatsbeschluss ausgearbeitet, der das Geld in einen Fonds umwandeln sollte, aus dem neue Werbemaßnahmen für die Tourismusförderung bezahlt werden würden, wozu auch eine kleine Tafel am Rathaus hätte zählen sollen, deren Text schlicht lautete: «Während der Amtszeit des Bürgermeisters Mario Fratelli geschah in Treviso das Wunder der weinenden Madonna, das dem Ort zu neuer Blüte verhalf». Er wäre damit quasi unsterblich geworden.

In den letzten vierundzwanzig Stunden aber hatten sich die Dinge schlagartig geändert, und er musste wohl oder übel den Auftrag beim Metallwarenhändler in Castello stornieren und sich dem Wunsch der Allgemeinheit beugen, der schlicht lautete, man möge zum Wohle der Einwohner Trevisos und deren verbesserter medizinischer Versorgung die allgemeinärztliche Praxis von Doktor Lorenzo mit öffentlichen Geldern renovieren. Doch Mario störte es gewaltig, dass der Doktor als Einziger von der vereitelten Erpressung profitieren sollte. Also machte er seinem Ärger Luft, indem er sich bei Massimo darüber echauffierte, dass dieser schon wieder die Preise angehoben hatte.

«Das schadet dem Tourismus, Massimo, wenn du deine Gäste bescheißt!»

«Wer bescheißt hier wen? Du bist doch nur sauer, dass sie dich nicht in Stein gemeißelt auf den Rathausplatz stellen und dich bis in alle Ewigkeit von den Tauben anscheißen lassen, sondern das Geld dem Doktor geben.»

Wo er recht hatte, hatte er recht, aber das bedeutete nicht, dass sich Mario dies auch sagen ließ, schon gar nicht, wenn er an seinem schwergekränkten Ego litt.

«Das hat damit überhaupt nichts zu tun!», erwiderte er. «Aber wenn wir schon einmal beim Thema sind: Wieso schmeißen wir das Geld diesem alten Gauner in den Rachen, wenn wir damit doch auch den Tourismus im Ort fördern könnten? Mehr Touristen bedeuten mehr Geld in den Taschen, und mehr Geld heißt auch mehr Privatpatienten, und mehr Privatpatienten finanzieren dem Doktor doch von ganz alleine eine neue Fassade. Also frage ich weiter: Warum jetzt und warum so plötzlich? Und wer zum Teufel ist eigentlich auf die Idee gekommen?»

In der Tat hatte man den Bürgermeister bei der Beschlussfassung einfach übergangen. Praktischerweise saßen nämlich ein jüngerer Bruder und ein Cousin von Doktor Lorenzo im Gemeinderat, und die hatten dafür gesorgt, dass die Abstimmung so ausging, wie es der Pater, Salvatore Tarlo und der Doktor zusammen ausgeheckt hatten. Demzufolge gab Massimo sich unbeeindruckt. «*Dein* Gemeinderat hat es gestern im Eilverfahren beschlossen, und wenn *du* deine Leute nicht im Griff hast, dann solltest du vielleicht über einen anderen Job nachdenken.»

Daraufhin war Mario unter protestierendem Gemurmel aus der Trattoria verschwunden, um sich in seinem Büro dem Selbstmitleid hinzugeben und seinen Neffen Giorgio mit dem Hinweis auf dessen vergebliche Mühen um einen nie erscheinenden finnischen Reiseprospekt über Treviso in den Wahnsinn zu treiben.

10

«Nein, das kann nicht gesund sein!» Vito konnte sich einfach nicht vorstellen, dass jemand mit Produkten aus Sojamilch glücklich werden konnte. Doch diese hartnäckig vegetarische Dame aus Recklinghausen ließ nicht locker und erklärte Vito in bemühtem Italienisch, dass Sojaprodukte sogar ausdrücklich der Gesundheit dienten.

«Das kann nicht sein, Signora! Wieso sollte man Joghurt aus etwas anderem machen als aus Milch? Das hat es hier noch nie gegeben!»

Da half es auch nichts, dass die besagte Dame damit argumentierte, dass in Asien alle Menschen viel gesünder lebten und auch älter würden als in Europa. Vito brachte es nicht über sich, ein Produkt in sein Sortiment aufzunehmen, das nur so tat, als wäre es Joghurt.

Weil er sich aber nicht nachsagen lassen wollte, dass er seine Kunden nicht zufriedenstellen konnte, bot er ihr zum Ersatz einfach zwei Packungen Kekse an – gratis! Doch als die Kundin nun noch seine Kekse verschmähte und stattdessen kopfschüttelnd seinen Laden verließ, kam es Vito so vor, als ob sich über ihm eine dunkle Wolke zusammenzog. Wo hatte es das je gegeben, dass jemand Gratiskekse ablehnte? Die Welt geriet aus den Fugen.

Derlei Dinge kamen immer öfter vor. Kunden wollten Waren kaufen, die man beim besten Willen nicht mehr als legal bezeichnen konnte, wie zwei schottische Studenten, die tatsächlich Ravioli aus der Dose verlangten. Oder man verstand sie schon von vornherein nicht, weil sie ihre Wünsche in den unmöglichsten Sprachen der Welt äußerten, wie die vier moldawischen Herren von letzter Woche, denen es nach Trockenfisch und Wodka gelüstete. Zwar machte sein Laden nach wie vor enormen Umsatz, und Anna dachte mittlerweile sogar über den Bau eines Wintergartens nach, aber Vito begann eine Ahnung davon zu haben, wie sich eine chronische Magenschleimhautreizung anfühlte, und das war so ziemlich das Letzte, was er noch erleben wollte, denn es bedeutete, dass er zwar mehr Geld verdiente als je zuvor, jedoch keine der Speisen mehr vertrug, die er für gewöhnlich gerne zu sich nahm. Er hatte sogar schon vier Kilogramm abgenommen, und welcher anständige Mann tat so etwas?

Vito warf einen sehnsuchtsvollen Blick auf die Schokoladenriegel bei der Kasse, seufzte angesichts des ihm auferlegten Verzichts und bediente stattdessen eine übergewichtige Dame aus Kalamata, die sich über die vermeintlich mindere Qualität des hiesigen Olivenöls beschwerte.

11

Es war nicht so, dass Luigi seine Liebe zu Maria verheimlichen wollte, nein, das Gegenteil war der Fall. Er war glücklich und ließ andere gern daran teilhaben. Dennoch wünschte er sich, dass seine Kundinnen sein Privatleben etwas mehr respektierten, wovon diese jedoch weit entfernt waren. So ging es zwischen Trockenhauben und Wartesesseln heiß her, wobei nicht wenige Aussagen darauf abzielten, eher von Luigi als von der jeweiligen Gesprächspartnerin vernommen zu werden, zumal die mehr oder minder schwerhörigen Damen sich ihre Fragen und Antworten meist zuschrien anstatt zuflüsterten. Hatte er, Luigi, eigentlich schon immer so gut ausgesehen? Und hatte man nicht immer wieder betont, dass so ein schmucker Mann wie er bald eine Frau finden würde? Oder hatte es sich gar umgekehrt verhalten, und die Frau hatte ihn erobert? Was sagte überhaupt der Pfarrer dazu? Und wann würden sie beide denn heiraten?

Auch wenn Luigi sich alle Mühe gab, auf die herzlichen wie aufdringlichen Fragen nichtssagende Antworten zu geben, so hätte ihn die letzte Frage, um ganz ehrlich zu sein, doch ein wenig aus dem Konzept gebracht, denn er hatte sie sich bislang noch nicht gestellt. Jetzt aber schien es ihm die logische Folge der vorangegangenen Wochen zu sein, und er fragte sich, ob Maria nicht auch erwartete, dass er ihr einen Heiratsantrag machte. Immerhin schlief er mit ihr, da war so etwas doch durchaus üblich. Gedankenverloren zupfte er mit dem Kamm an der Föhnwelle von Eleonora Corrisi herum, einer älteren Cousine ersten Grades von Vito Corrisi.

«Das werden Sie doch, nicht wahr?», fragte sie ihn mit dem neugierigen Augenaufschlag einer Fünfundachtzigjährigen, die vergessen hatte, dass sie keine siebzehn mehr war.

«Äh … bitte?», fragte Luigi.

«Na, Sie machen doch sicher eine Hochzeitsreise. Ich war mit meinem zweiten Mann damals in Palermo. Ach, Luigi, ich sage Ihnen: Sizilien im Frühsommer! Sie können sich gar nicht vorstellen, wie …» Vor Erstaunen hätte Luigi beinahe die kunstvoll aufgetürmte und mit Haarspray betonierte Frisur von Signora Corrisi zerstört. Sizilien. Im Winter. Er und Maria. Auf Hochzeitsreise.

«Einen Augenblick bitte, Signora, ich bin gleich wieder bei Ihnen.» Damit ging Luigi mit schnellen Schritten in den hinteren Teil seines Salons und trank in der kleinen Küche hastig ein Glas Wasser. Wer hätte das gedacht? Er würde noch einmal heiraten! Ja, er, ausgerechnet er würde Maria Braschi vor den Traualtar führen. Oder sollte es doch eher eine schlichte Zeremonie im Rathaus werden? Sein Blick fiel auf das Kanapee, auf dem Maria und er ihre erste gemeinsame Nacht verbracht hatten. War das wirklich erst ein paar Tage her? Als er das Glas abstellte, hatte er sich bereits dazu entschlossen, nach Vicenza zu fahren, und zwar gleich morgen. Er würde den besten Juwelier aufsuchen, den es dort gab, und dann würde er ihr einen Antrag machen.

Derart bestärkt in seinem Vorhaben, kehrte er in den Salon zurück, griff nach seiner Dose Haarspray und verpasste Signora Corrisi noch eine Extraportion, bevor er ihr strahlend verkündete, dass sie noch nie so schön und so jung ausgesehen habe wie an diesem Morgen.

12

Natürlich war Francesco de Renzi nicht wirklich auf den Trick mit dem Röntgenbild hereingefallen, aber er konnte den Trevisanern auch nichts nachweisen. Selbstverständlich steckte der Doktor mit dem Pfarrer und den anderen unter einer Decke, da war er sich ganz sicher. Nur wie zur Hölle hatten sie es angestellt, dass die weinende Madonna vollkommen echt wirkte? Wieso sah man auf dem Röntgenbild keinen Mechanismus, der künstliche Tränen erzeugt? Francesco de Renzi kam einfach nicht dahinter, nahm sich jedoch vor, auch in den kommenden Tagen ein Auge auf den Pfarrer und seine Kumpaneien zu haben, denn früher oder später, das wusste er, würde sich jemand verraten. Es galt nur, den richtigen Augenblick abzuwarten und dann zuzuschlagen.

In der Tat hatten sich Salvatore, Don Antonio und der Doktor redliche Mühe gegeben und die Täuschung de Renzis perfekt inszeniert, wobei Salvatores Handwerkskünste, Don Antonios leidliche schauspielerische Fähigkeiten und Doktor Lorenzos unerschütterliches Wesen voll zur Geltung kamen. So hatte Salvatore Tarlo bereits vor drei Monaten von einem kunstsinnigen Millionär und Pilger aus Rom einen Auftrag für die Herstellung eines Duplikats der weinenden Madonna angenommen und seine Lieferung schlichtweg noch ein paar Tage zurückgehalten, damit man statt der echten Madonna also die entsprechende Kopie auf Herz und Nieren untersuchen konnte. Sie sah der weinenden Madonna von Treviso tatsächlich sehr ähnlich, sodass de Renzi keinen Verdacht schöpfte, als man bei der Untersuchung in Doktor Lorenzos Praxis heimlich aus dem Hinterzimmer die Kopie hervorzauberte und unter das Röntgengerät schob.

Der Doktor verzog während der Untersuchung keine Miene, auch dann nicht, als er de Renzi Rede und Antwort zu stehen hatte, wie und welche Ergebnisse man sich erwarte, und es wäre Francesco de Renzi vielleicht davon zu überzeugen gewesen, dass er vor einem echten Wunder Gottes stand, wenn nicht Don Antonio so eine ihm fremde und damit eigenartige Gelassenheit an den Tag gelegt hätte. Diese ließ das Ganze mehr als nur verdächtig erscheinen, denn es ergab nun wirklich keinen Sinn, dass man ihn, Francesco de Renzi, Beauftragten seiner Heiligkeit zur Erforschung aller sich zwischen Friaul und Lazio ereignenden Wunder, erst nicht an die Madonna heranließ, nur um dann anschließend bereitwillig einer Untersuchung zuzustimmen, die doch ganz offensichtlich das Wunder der weinenden Madonna von Treviso als Fälschung enttarnt hätte. Angesichts dieser Tatsache hätte der Pfarrer wenigstens ein bisschen Nervosität zeigen müssen, doch davon war beim fröhlich und leise vor sich hin summenden Don Antonio nichts zu sehen. Also beschloss Francesco de Renzi, seinen Aufenthalt um weitere Tage zu verlängern und die Gelegenheit abzuwarten, dem faulen Zauber ein Ende zu bereiten und die heilige Ordnung wiederherzustellen. Niemals hätte er damit gerechnet, dass sich diese von Gott gewollte Ordnung gegen ihn selbst wenden sollte.

13

Castello della Libertà hatte einen neuen Bürgermeister. Nach Ansicht vieler Castellesen war der neue Mann im Amt die richtige Wahl. Wenn es nach der Meinung der Trevisaner ging, dann hatte man mit der Ernennung von Lorenzo Fabrisi den Teufel mit dem Beelzebub ausgetrieben. Emmanuele Benito Longhi hatte sein Amt mit sofortiger Wirkung an seinen Nachfolger abgetreten und sich zu einer vierwöchigen Kur nach Österreich ins Salzkammergut zurückgezogen, während Lorenzo Fabrisi ins Rathaus einzog und als seine erste Amtshandlung erneut alle Straßen nach Treviso sperren ließ. Damit nicht genug, gab er außerdem die inoffizielle Weisung aus, dass den Pilgertouristen, die in Castello logierten, auf jede Übernachtung fünfzehn Prozent Preisnachlass gegeben sowie freier Eintritt ins städtische Museum gewährt werden musste. Dieses bestand aus drei neu eingerichteten Räumen im untersten Stock des Rathauses, in denen man vorwiegend auf die heldenhafte Geschichte der Einwohner von Castello im frühen 20. Jahrhundert einging, einschließlich einer ausführlichen Dokumentation der Stippvisite Mussolinis in Castello della Libertà und Umgebung. Damit lagen die Preise zur Übernachtung in Castello nun eindeutig unter denen, die Massimo für eine Unterbringung in seinen ausgebauten Fremdenzimmern über der Trattoria verlangte, was zur Folge hatte, dass die Nächtigungen in Treviso leicht zurückgingen, während sich einige der Pilgergruppen aus Deutschland und mehr noch aus dem italienischen Inland plötzlich mit der Lebensgeschichte des Duce konfrontiert sahen, wobei die Deutschen das Museum vorwiegend deshalb besuchten, weil es umsonst war.

Die Ausstellungsgestaltung war noch von Bürgermeister Longhi in Auftrag gegeben worden und enthielt neben den üblichen Objekten zur Geschichte des Ortes wie Wimpeln, Urkunden und Siegelringen auch eine umfangreiche Sammlung von Fotografien, auf denen Ereignisse der 1920er und 1930er Jahre dokumentiert waren. Dazu zählten die Gründung der örtlichen Grundschule vor fünfundachtzig Jahren, das legendäre Wagenrennen vom Sommer 1926, der sportliche Wettstreit zwischen den Gemeinden Castello und Treviso im Herrenfußball sowie eben auch die in der Rubrik «Prominente besuchen Castello» angeführten Visiten bekannter und weniger bekannter Persönlichkeiten. Zusammengetragen hatte die Bilder ein pensionierter Geschichtslehrer, der in mühevoller Kleinarbeit und mit hohem Aufwand auch die Beschriftungen der Fotos durchgeführt hatte. Und so konnte man dem Bildtext eines Fotos aus dem Jahr 1937 entnehmen, dass die vierte Person links in der zweiten Reihe von oben, direkt neben dem Wagen Mussolinis, ein gewisser Mauro de Renzi war. Vor ihm stand sein etwa sechsjähriger Sohn, in der Hand einen Strauß Margeriten für den Duce.

14

Er werde in etwa sechs Stunden zurück sein und wolle am Abend mit ihr essen gehen, hatte er gesagt, und sie hatte erwidert, dass sich das bestimmt einrichten lasse, ganz gleich, wie sehr ihr Bruder auf ihrer Anwesenheit bestehen werde, denn man erwarte den Bischof am nächsten Tag. Gut, hatte Luigi geantwortet, dann bis zum Abend. Und er hatte sie dabei so seltsam angesehen, dass Maria plötzlich klarwurde, er würde in Vicenza kein Friseurzubehör kaufen. Es dauerte einige Sekunden, bis sich der Schock gelegt hatte, dann folgten weitere Augenblicke der fassungslosen Apathie, bis schließlich ein inneres Freudengeheul anhob, das zwar niemand hören konnte, das jedoch bis über die nächsten Monate und Jahre hinaus in Maria nachhallen sollte.

Es war falsch, was manche behaupteten, nämlich dass Liebe blind machte. Liebe, das wusste sie nun, machte nicht nur blind, sondern auch taub, denn Maria überhörte sämtliche Einwände ihres Bruders gegen eine erneute Eheschließung, und nur ihre Zuneigung zu Antonio hielt sie davon ab, ihm dafür gehörig den Arsch zu versohlen, was er zweifelsohne verdient hätte. Stattdessen bereitete sie ihm ein leichtes Abendbrot, stellte eine Flasche Wein dazu und wünschte ihm angenehme Träume.

An diesem Abend trug Maria ihre neuen Schuhe und wartete gespannt auf das Klingeln an der Haustür, das pünktlich um acht Uhr einen Abend einläutete, den keiner in Treviso so schnell wieder vergessen sollte – aus dem einen oder anderen Grund.

Fünfter Teil

1

Rosa Fiorentini hatte durchaus das Gefühl, dass dies immer noch ihr Haushalt war. Sie hatte dem Pfarrer dreiundzwanzig Jahre lang mit ganzer Kraft zur Seite gestanden, und da war es nur natürlich, dass sie eine gewisse Bindung zum Haus und im Speziellen zum pfarramtlichen Garten aufgebaut hatte. Und es war auch ganz selbstverständlich, dass Rosa noch einen Schlüssel besaß, um ab und zu nach dem Rechten zu sehen, wenn gerade keiner zu Hause war. Man konnte ja nie wissen, und in der Tat wussten weder Don Antonio noch Maria, dass Rosa manchmal des Abends ihre Runden durchs Pfarrhaus machte, hier und da in den Küchenschränken nachsah, ob alles an seinem Platz war, und ein wenig die Blumen im Garten wässerte.

An diesem Abend lag das Haus dunkel und verlassen da, und Rosa nutzte die Gelegenheit, um leise und unbeobachtet durch die Hintertür zu schlüpfen. Nie hätte sie vermutet, dass sich noch jemand im Haus befinden könnte, doch als sie das kleine Licht im Flur aufdrehte, hörte sie deutlich jemanden atmen. Irgendwer saß dort in *ihrer* Küche und keuchte. Mehr als über den Umstand, dass es sich dabei womöglich um einen Einbrecher handelte, war Rosa darüber entsetzt, dass dieser es wagte, in *ihr* Haus einzubrechen, weshalb die Empörung sehr schnell über die Angst triumphierte und Rosa entschlossen das Licht in der Küche anknipste, ihre medizinische Krücke im Anschlag, bereit, sie gegen jeden Angreifer einzusetzen, der sich ihr im Neonlicht offenbaren würde. Was Rosa vorfand, waren dagegen ein vollkommen betrunkener Don Antonio, zweieinhalb leere Flaschen Messwein und ein Glas, das in einer roten Lake auf dem Küchentisch schwamm. Der Pfarrer hatte es mit einem schwungvollen Ruck abgesetzt, als das Licht plötzlich angegangen war. Rosa entfuhr ein kleiner Schrei und dann ein vorwurfsvolles «Aber Don Antonio!». Der starrte sie zunächst ungläubig an, hob schließlich grimmig lächelnd sein Glas und brüllte: «Rosa Fiorentini! Bereue deine Sünden, du altes Schrapnell! Das Ende ist nah!»

Später wusste Rosa nicht mehr zu sagen, was sie mehr aufgeregt hatte, die Rotweinpfütze auf *ihrem* Küchentisch oder der volltrunkene Pfarrer. In jedem Fall drehte sie ohne eine Erwiderung auf dem Absatz um und machte, dass sie davonkam, während Don Antonio ihr laut hinterherschrie: «Und den Schlüssel gibst du mir auch ab, Weib!»

Aufgeregt hechelte Rosa die Straße hoch und war gerade im Begriff, die Trattoria zu stürmen, um dort zu berichten, was sie gesehen hatte, als ihr plötzlich klarwurde, dass sie damit nicht nur den Ruf Don Antonios, sondern auch ihren eigenen aufs Spiel setzen würde, denn immerhin war sie nicht ganz legal in das Haus gelangt. Und Rosa wollte sich auf keinen Fall nachsagen lassen, dass sie eine Schnüfflerin sei. Also trat sie vom Eingang der Trattoria wieder zurück und machte sich kopfschüttelnd und leise vor sich hin schimpfend auf den Weg zurück zum Pfarrhaus, denn in der Eile hatte sie ihre medizinische Krücke dort vergessen. Es war ja nicht so, dass sie sie unbedingt gebraucht hätte, aber es war *ihre*, und wenn sie im Pfarrhaus schon nicht mehr willkommen war, so wollte sie dort erst recht nicht ihr Eigentum zurücklassen.

Als Rosa wieder vor der Hintertür des Pfarrhauses stand, war es diesmal hell erleuchtet. Rosa klopfte, aber es öffnete niemand. Rosa klopfte erneut, und wiederum regte sich nichts. Zwar besaß sie noch den Schlüssel, aber den wagte sie nun nicht mehr zu benutzen. Also schimpfte sie immer lauter vor sich hin, dass sie ihre Krücke brauche und dass sie diese nun auf der Stelle wieder zurückwolle, aber auch jetzt blieb die Tür verschlossen. Nach einigen Minuten zog Rosa von dannen und trat zunehmend humpelnd und immer lauter werdend den Weg nach Hause an. Wer sie an diesem Abend auf der Straße sah, machte sich ernsthaft Sorgen um Rosa Fiorentinis mentale Verfassung. Nie hätte jemand vermutet, dass Don Antonio sich weit eher am Rande des Nervenzusammenbruchs bewegte als seine ehemalige Haushälterin, denn der holte sich gerade Rat bei einem Untoten.

2

«Wo steckst du, du alter Hurensohn?», brüllte Don Antonio durch die Krypta. Beinahe hätte er in seinem Zustand den untersten Treppenabsatz übersehen und wäre auf den Steinboden gefallen, hätte er sich nicht im letzten Augenblick an einer aufgerichteten Grabplatte festgehalten.

«Was willst denn du hier, noch dazu zu so nächtlicher Stunde?» Don Ignazio war leicht irritiert, weniger des Hurensohns als der nächtlichen Ruhestörung wegen.

«Reinen Dat!», stammelte Don Antonio.

«Die Praxis ist geschlossen, kommen Sie in einigen Jahren wieder vorbei.»

«Mach keine Witze, alter Mann, ich bin am Arsch!» Don Antonio ließ sich auf den kalten Boden plumpsen.

«Wenn du da sitzen bleibst, holst du dir den Tod», stellte Don Ignazio fest. Daraufhin brach Don Antonio in ein leicht hysterisches Gekicher aus, das sich erst beruhigte, als Don Ignazio ihm androhte, sich gleich unsichtbar zu machen, wenn Don Antonio nicht endlich mit der Sprache herausrücke. Er habe auch noch anderes zu tun, als seinem betrunkenen Nachfolger seelischen Beistand zu leisten.

«Der Bischof», brach es schließlich aus Don Antonio hervor, «er gedenkt uns morgen einen Besuch abzustatten und mit de Renzi *persönlich* die Madonna zu inspizieren. Sie wollen sie noch einmal in Augenschein nehmen.»

«Ja, und? Glaubst du, die kommen euch nun auf die Schliche? Wenn sie schon das Röntgenbild akzeptiert haben, wird eine allerletzte Untersuchung auch keinen Schaden mehr anrichten. Morgen fährt de Renzi fort, und alles ist in Ordnung. Dann hat Treviso sein Wunder, und du bist fein raus.»

Don Antonio war jedoch nicht zu beruhigen.

«Sie fressen mich bei lebendigem Leib auf, alter Mann. Mir droht mindestens das Höllenfeuer … mindestens.» Er rülpste. «Wir haben die Madonna vertauscht.»

«Ihr habt was?», wollte Don Ignazio wissen.

«Wir haben die Madonna v-e-r-t-a-u-s-c-h-t», wiederholte Don Antonio und dehnte das letzte Wort so lang wie der norddeutsche Bauer, der sich in der letzten Woche, obgleich nicht katholisch, mit einer fetten Wurst bei ihm für die hübsche Predigt bedankt hatte, auch wenn er kein Italienisch sprach, und der auf Don Antonios leicht irritierte Nachfrage, wieso ein norddeutscher Protestant nach Treviso pilgere, zur Antwort gab, er sei eigentlich wegen der Wurst da. Offenbar hatte er von den Wurstspezialitäten der Region gehört und wollte sich nach neuen Rezepten für seinen Hofladen in der Umgebung von Stade umsehen. Die Madonna hatte er sich nur aus Neugierde mal angeschaut.

«Wie habt ihr sie denn vertauscht?»

«Die Wurst?», fragte Don Antonio.

«Welche Wurst?» Don Ignazio war irritiert.

«Wieso weißt du von der Wurst?», wollte nun Don Antonio wissen.

«Du machst es mir nicht gerade leicht, Junge. Die Madonna, wie habt ihr die Madonna vertauscht?»

«Ach die», und Don Antonio kicherte erneut, «ja, also die haben wir beim Besuch in der Praxis von Doktor Lorenzo ausgewechselt. De Renzi und ich sind mit der echten Statue von der Kirche in die Praxis gefahren. Im Hinterzimmer wartete schon Salvatore mit der Kopie, von der dann die Röntgenaufnahme gemacht wurde. Danach hat Salvatore versehentlich die echte Statue mit nach Hause genommen, und ich hab die Kopie in die Kirche zurückgebracht.»

Don Ignazio konnte beim besten Willen nicht entdecken, wo hier der Haken lag.

«Ja, aber dann ist doch alles bestens», sagte er. «Wem sollte denn auffallen, dass die Madonna nicht die echte ist, wenn nicht einmal du und der Holzwurm den Unterschied bemerken.»

«Es wird ihnen auffallen», sagte Don Antonio und lehnte seinen Kopf schwer gegen das steinerne Treppengeländer. «Salvatore hat sich verschätzt. Die neue Madonna ist zu breit. Sie ragt genau einen halben Zentimeter über den Nischenrand hinaus. Und de Renzi ist kein Depp: Ihm wird nicht entgehen, dass die Madonna zuvor einige Zentimeter kleiner war und genau reingepasst hat. Und ganz abgesehen davon kann die Kopie keine roten Tränen weinen.»

«Könnt ihr sie denn nicht zurücktauschen?», wollte Don Ignazio nun wissen.

«Zu spät. Die echte weinende Madonna von Treviso

ist bereits auf dem Postweg nach Rom zu einem Millionär, der eigentlich das Duplikat geordert hatte, und ich trete den Gang ins sizilianische Nonnenkloster an oder in die Hölle, was im Grunde das Gleiche ist.»

«*Du*, mein Lieber, hast keine Ahnung von der Hölle», sagte Don Ignazio.

3

«Nein, nicht das da, das andere!» Wie kam sie nur auf den Gedanken, er würde ein grünes Hemd tragen wollen? Hatte er ihr nicht oft genug gesagt, dass er Grün nicht ausstehen konnte? Es stand ihm nicht. Es sah nach Gemüse aus. Niemand trägt freiwillig Gemüsefarbenes auf der Haut spazieren. «Das fleischfarbene! Gib mir das Hemd da. Schnell!», setzte Mario hinzu.

Seine Frau ging ihm gerade entsetzlich auf die Nerven und stand damit nicht allein da. Ihm ging derzeit die ganze Welt auf die Nerven. Ausgerechnet heute, an einem Freitagabend, während im Fernsehen AC Mailand gegen Inter Mailand lief, sollte er eine Pilgerdelegation aus Madrid empfangen, unter der sich angeblich auch ein Cousin des spanischen Königs befand, und niemand hatte ihn rechtzeitig informiert. Man denke nur: Der spanische König Juan Carlos erfährt von seinem Cousin, dass bei seiner Begrüßung im schönen Treviso nicht einmal der Bürgermeister anwesend war. Na, das gäbe vielleicht diplomatische Verwicklungen! Und wer war daran schuld? Giorgio, ganz allein sein Neffe Giorgio, denn der hatte die unangenehme Eigenschaft, telefonische Mitteilungen auf kleinen gelben Zetteln zu notieren, die er irgendwo hinklebte und die Mario nie rechtzeitig fand. So hatte Mario nicht nur einen Arzttermin und die rechtzeitige Anmeldung seines Zweitwagens bei der zuständigen Behörde versäumt, nein, beinahe wäre ihm auch noch der Besuch des womöglich prominentesten Pilgers, der je den Weg nach Treviso gefunden hatte, entgangen.

Verschwitzt und keuchend kam Mario gerade noch rechtzeitig bei der Bushaltestelle an, um den erfreuten Mitgliedern der spanischen Pilgergruppe die Hand zu schütteln und sie persönlich zu begrüßen. Dabei ließ es sich der Bürgermeister nicht nehmen, auch ein paar Worte auf Spanisch an seine Gäste zu richten und ihnen einen spirituell erfüllten, wunderbaren Aufenthalt in seinem Treviso zu wünschen. Als die Gäste begannen, das Gepäck aus dem Kofferraum des Busses zu hieven, fragte er den Busfahrer dezent, wer denn nun der Cousin des spanischen Königs sei. Mit einem unbeeindruckten Kopfnicken deutete der Fahrer auf einen älteren Herrn, dessen Ehefrau ihm gerade aufgeregt Zeichen gab, dass er sich bei der Gepäckausgabe vordrängeln solle.

«Der da», sagte er. «Aber er ist nicht der Cousin des spanischen Königs. Er ist nur der persönliche Adjutant des Cousins des spanischen Königs.»

Offensichtlich reichte dies, um die Ehefrau des persönlichen Adjutanten des Cousins des spanischen Königs davon zu überzeugen, dass sie bei der Gepäckausgabe zu bevorzugen sei. Mario dagegen war der Auffassung, dass in diesem Fall auch das grüne Hemd ausgereicht hätte, und er machte sich etwas enttäuscht auf den Weg zur Trattoria. Jetzt konnte er wenigstens das Fußballspiel gucken.

4

Francesco de Renzi beabsichtigte keineswegs, den Spielverderber abzugeben, denn das war genau das, was die Menschen für gewöhnlich von ihm erwarteten. Doch was zu viel war, war zu viel. Nach dem dritten «Hoch sollen sie leben!» aus vollen Kehlen, das ihn bei seiner Meditation störte, schwor er sich, nie wieder einen Fuß in dieses Dorf zu setzen. Beim fünften Mal war er schon sicher, dass es mit etwas Überredungskunst möglich wäre, den Heiligen Vater von der Exkommunikation der gesamten Gemeinde zu überzeugen. Beim achten Mal beschloss er, hinunterzugehen und dem Treiben ein Ende zu setzen.

Als Francesco de Renzi die Tür zur Schankstube aufstieß, prallte er beinahe frontal mit einem strahlenden Bürgermeister zusammen. Der war bester Laune und damit offenbar nicht allein, denn die ganze Trattoria vibrierte von den Rufen, dem Lachen und dem Gläserklirren der Trevisaner, die sich heute scheinbar alle zur selben Zeit bei Massimo eingefunden hatten, um gemeinsam das Fußballspiel zu sehen. Doch der Eindruck täuschte, denn tatsächlich hatte der Zustrom in die Trattoria erst mit der offiziellen Verlobung von Maria und Luigi eingesetzt, und nun wollten sich alle mit den beiden freuen, nach Möglichkeit laut, fröhlich und leicht betrunken.

Etwa eine Stunde zuvor hatten Maria und Luigi in der Trattoria Platz genommen und ihr erstes Glas Wein bestellt, als Massimo verkündete, dass das Spiel zwischen AC Milan und Inter Mailand in wenigen Minuten beginne und er jetzt für die nächsten fünfundvierzig Minuten die letzte Bestellung entgegennehme.

Während Massimo also, der selbstverständlich ein Fan des Inter Mailand war, zur Fernbedienung griff, um den Ton lauter zu stellen, verfluchte Luigi im Stillen die Tatsache, dass es in Treviso kein anderes Restaurant gab. Diesem Höllenlärm waren seine romantischen Absichten nicht gewachsen. Der Ring, den er vor wenigen Stunden in Vicenza für Maria gekauft hatte, lag schwer in seiner Jackentasche, und er hätte sich gewünscht, das Ganze doch in einem privateren und bei weitem leiseren Rahmen über die Bühne zu bringen. Aber als er Marias erwartungsfrohen Blick sah, wusste er, dass er es weder ihr noch sich selbst antun könnte, den Antrag in die Länge zu ziehen. Und noch bevor der Schiedsrichter das Spiel angepfiffen hatte, erhob er sich von seinem

Stuhl, ging die zwei Schritte um den Tisch herum, kniete sich vor Maria auf den Boden der Trattoria und hielt ihr den Ring wortlos entgegen.

Schlagartig wurde es still, als sich alle Blicke im Raum auf das Paar an Tisch fünf richteten, und nur der Kommentator des bevorstehenden Schlagabtauschs zwischen AC und Inter kreischte noch in sein Mikrophon: «Welch eine Spannung hier im Stadion und draußen an den Bildschirmen! Meine Damen und Herren, wir sind gespannt, was der heutige Abend bringen wird, und da ist er auch schon, der …» Massimo drehte den Ton ab. Und so konnten es alle hören, als Maria Luigis Antrag annahm, indem sie ihn laut und beherzt auf den Mund küsste. Erst dann brach allgemeiner Jubel los, flogen Korken, klirrten Gläser und lagen sich Menschen vor Freude weinend in den Armen. Einzig Massimo verzog sich heimlich für einige Minuten in die Küche, um dort an einem alten Schwarzweißfernseher einige Blicke auf das Spiel zu erhaschen.

5

Da sich gegen den Lärm offensichtlich nichts machen ließ und er die freudige Aufregung über die Verlobung der widerborstigen Schwester des Pfarrers beim besten Willen nicht teilen konnte, entschloss sich Francesco de Renzi zu einem abendlichen Spaziergang durch den Ort.

Seinen Fahrer hatte er bis zum morgigen Tag beurlaubt, und dieser war mit Begeisterung dem melancholischen Januarwetter in Richtung Toskana entkommen, wo er zwei Tage bei seiner Schwester in der Nähe von Florenz verbringen wollte. Francesco de Renzi beschlich jetzt das dumpfe Gefühl, dass er mit der Beurlaubung des Chauffeurs einen Fehler begangen hatte, denn ohne den Wagen war er der Tristesse dieser Landschaft und der Willkür der Bewohner Trevisos vollkommen ausgeliefert. Ihm blieb also nichts anderes übrig, als bis zur Rückkehr seines Fahrers sein Schicksal Gott zu überantworten.

Mit diesem Gedanken bog de Renzi in die Via Garibaldi ein, wo er der örtlichen Enoteca einen Besuch abzustatten gedachte. Wenn er schon einmal hier war, konnte er seinem Kardinal auch eine Flasche des vielgepriesenen hiesigen Weines mitbringen. Und der Kardinal war durchaus empfänglich für Schmeicheleien dieser Art. Doch als Francesco de Renzi vor dem Schaufenster der Enoteca stand, sah er, dass diese bereits geschlossen hatte. Er betrachtete einen Moment lang die Auslage im Geschäft, die aus einer Pyramide von Weinflaschen der Marke «Tränen der Muttergottes» bestand, und fragte sich, ob er dem Ganzen nicht doch viel früher ein Ende hätte bereiten können, als er hinter sich ein heftiges Flüstern vernahm. Er drehte sich um und sah eine alte Frau wilde Gesten in den Nachthimmel schreiben und dazu Flüche murmeln, von denen er zum Glück kein Wort verstand. Offensichtlich handelte es sich um die Wahnsinnige des Ortes, und er sah zu, dass er weiterkam.

Er setzte seinen Abendspaziergang fort und ging gerade in dem Augenblick an Vitos Haus vorbei, als zwei Arbeiter damit beschäftigt waren, eine riesige Holzkiste von einem Lastwagen zu hieven. Dabei wurden sie durch aufgebrachte Rufe des Ladenbesitzers und seiner nicht minder hysterischen Frau unterstützt, die ihnen damit offensichtlich andeuten wollten, wo das hölzerne Monstrum hinsollte. Auf der Flanke des Lastwagens glänzte in grünen Lettern die Aufschrift: «Fam. Diavolo – Saunas und Infrarotkabinen, Milano».

Eine Weile lang freute sich Francesco de Renzi an dem Treiben und sah heimlich vom gegenüberliegenden Hauseingang den Arbeitern dabei zu, wie sie die Kiste unbeschadet ins Haus zu bringen versuchten, aber als er Holz splittern hörte und die ersten Tränen flossen, ging er weiter. Und gerade als Francesco de Renzi über den Sinn von Infrarotlichtkabinen nachzudenken begann, entdeckte er, dass es ihn direkt auf die im nächtlichen Dunkel liegende Kirche von Treviso zutrieb. Er beschloss, sich die Gelegenheit zunutze und der weinenden Madonna von Treviso seine Aufwartung zu machen. Mit schnellen Schritten überquerte er die Straße und griff nach dem schmiedeeisernen Türknauf, der sich überraschenderweise mühelos nach links drehen ließ. Die Tür schwang auf, und Francesco de Renzi trat in das dunkle Kirchenschiff ein.

6

Nach dem zweiten Tor in der fünfundsechzigsten Minute hatte Massimo den Ton wieder lauter gestellt, aber im Grunde interessierten sich die Leute an diesem Abend nur wenig für das Spiel. Luigi und Maria wurden alle paar Minuten mit Glückwünschen und Jubelrufen überhäuft, und nach jedem «Hoch sollen sie leben!» fühlte sich der arme Luigi genötigt, eine Lokalrunde zu spendieren. Nach der achten Runde war ihm klar, dass er das Lokal schnellstmöglich verlassen musste, wenn er nicht sein hart erarbeitetes Geld der feiernden Dorfrunde in den Rachen schmeißen wollte. Und weil er nicht genug bei sich hatte, musste er anschreiben lassen, was Massimo zu dem Ausspruch veranlasste, dass er ja seine zukünftige Frau in der Trattoria als Pfand zurücklassen könne, denn dann werde sie sich schon mal im Geschirrspülen üben, wie es sich für eine gute Hausfrau gehöre. Gerade als Maria Massimo die passende Antwort darauf geben wollte, zog Luigi sie mit sich aus dem Lokal. Draußen auf der Straße hatte sich Maria immer noch nicht beruhigt.

«Was denkt der sich eigentlich? Dass du mich nur heiraten willst, weil ich dich billiger als eine Hausangestellte komme?» Sie war zutiefst verärgert, doch Luigi lachte nur.

«Sei unbesorgt, ich spüle mein Geschirr selbst, und du wirst nichts anderes tun, als es dir auf meinen Händen bequem zu machen, denn darauf gedenke ich dich die nächsten hundert Jahre zu tragen.»

Damit könne sie leben, sagte Maria und hakte sich bei ihm unter. Zusammen schlenderten sie in Richtung des Friseursalons. Dort angekommen, schloss Luigi die braunlackierte Tür auf, schaltete das Licht an und zog die Rollos herunter.

«Eigentlich hätte ich dir den Antrag gerne in einem etwas ruhigeren Rahmen gemacht. Es hätte nicht gleich das ganze Dorf mitfeiern sollen.»

«Lass sie nur», sagte Maria. «Wir werden hoffentlich genug Zeit zu zweit verbringen, ohne dass sich der ganze oder auch nur der halbe Ort einmischt und seinen Kommentar dazu abgibt.» Sie nahm seine Hand, führte sie zu ihrem Mund und küsste behutsam seinen Handrücken. «Ich freue mich sehr über deinen Antrag, alles andere ist nicht wichtig.»

Da stimmte er ihr zu. Sie war bei ihm, das war es, was zählte, und was auch immer die anderen dachten, konnte ihnen egal sein.

«Weißt du, ich hatte gedacht … also ich dachte mir, ich könnte eventuell den Laden schließen, damit wir ein bisschen mehr Zeit füreinander haben. Was hältst du davon?»

«Dass mich alle Frauen des Ortes zwischen sechzig und neunzig hassen werden, weil ich ihnen ihre Chance auf eine gepflegte Dauerwelle zunichtemachen würde.» Maria lächelte, dann sah sie ihn ernst an. «Du musst nichts an deinem Leben ändern, nicht mir zuliebe. Ich finde es wunderbar so, wie es ist. Lass uns nichts überstürzen.»

Auch wenn das nicht unbedingt die Antwort war, die er sich erhofft hatte, gab er ihr recht. Es stimmte, der Salon war ein wichtiger Teil seines Lebens, und ihn aufzugeben würde ihm vielleicht schwerer fallen, als er es sich jetzt vorstellen konnte. Obwohl – bei einem Blick auf die abgewetzten Kunstledersessel, die fleckigen Spiegel und die altmodischen Leuchter an der Wand fragte er sich, was er daran eigentlich vermissen sollte. Er ging in die Küche.

«Willst du einen Kaffee?», rief er ihr zu.

«Ja gern.» Er hantierte mit dem Espressokocher. «Wenn du fertig bist, musst du mir erzählen, wo du diesen gigantischen Klunker erstanden hast.»

«In Vicenza», rief Luigi und kam mit einem Tablett zurück, auf dem er zwei Espressotassen trug. «Gefällt er dir?»

«Er ist unglaublich! Ich komme mir vor wie in einem Hollywoodfilm.» Pause. «Du hast die Milch vergessen.»

Er ging zurück in die Küche, machte den Kühlschrank auf und hörte sich selbst sagen: «Fahren wir nach Sizilien? Ich meine unsere Hochzeitsreise. Fahren wir da nach Sizilien?» Pause. «Maria? Hast du mich gehört?»

«Hab ich.» Sie stand auf einmal hinter ihm. «Sizilien also.»

«Ja, ich dachte, das wäre schön.» Er küsste sie, immer und immer wieder. Sie lachte.

«Also, Mastroianni, muss ich erst in den Brunnen da draußen springen, oder kriege ich jetzt meine Milch?»

7

Wider Erwarten ging das Licht in der Kirche tatsächlich nicht. Eigentlich hatte er angenommen, dass alles, was man ihm über die weinende Madonna und über Santa Maria degli Angeli erzählt hatte, eine Lüge sei, doch nun musste er feststellen, dass immerhin etwas davon stimmte. Da jedoch die Laterne an der Hauptstraße ein wenig Licht durch die Fenster warf, konnte er sich innerhalb kürzester Zeit notdürftig orientieren und bahnte sich seinen Weg durch das Kirchenschiff in Richtung Altarraum. Und dort stand sie: die weinende Madonna von Treviso, eingefasst in ihrer kleinen Nische, in der sie nun schon seit Monaten von zahlreichen Pilgern bewundert wurde.

Francesco de Renzi trat näher an die Statue heran, und obwohl das Licht nicht ausgereicht hätte, um Genaueres zu erkennen, konnte er feststellen, dass hier etwas nicht stimmte, denn die Madonna stand gar nicht in ihrer Nische, sie stand vielmehr auf dem schmalen Absatz davor. Eine höchst merkwürdige Art der Aufstellung für so ein Kunstobjekt, fand er, denn von dort hätte sie auch sehr leicht herunterfallen können. Francesco de Renzi ging noch einen Schritt nach vorne, und dann wusste er plötzlich, was an diesem Bild nicht stimmte. Die Madonna war zu breit! Noch vor wenigen Tagen hatte er sie in genau dieser Mauerausbuchtung stehen sehen, und jetzt passte die Figur um Haaresbreite nicht hinein. Wie war das möglich? Er kannte die Antwort, und in demselben Moment, in dem ihm klarwurde, dass er den Betrug nun endlich beweisen konnte, spürte er eine große Erleichterung. Er hatte gewonnen. Er hatte diesen Scharlatan von einem Priester entlarvt und seine ganze scheinheilige Gemeinde dazu. Nun konnte er ruhigen Gewissens nach Rom zurückkehren.

Er fühlte sich derart gelöst, dass er, war es unbewusst oder willentlich, zu pfeifen begann. Hier, in dieser nächtlichen Kirche am hinterletzten Teil seines Universums, stand Francesco de Renzi, Abgesandter im Auftrag der päpstlichen Kurie, und pfiff seine Überlegenheit in die Welt hinaus.

«Guten Abend, Francesco!», sagte hinter ihm eine vertraute Stimme.

8

Anna war schon früh zu Bett gegangen, aber er selbst konnte nicht schlafen. Unruhig geisterte Vito an diesem Freitagabend durch das Haus auf der Suche nach etwas, von dem er nicht wusste, was es war. Die Arbeiter waren längst wieder abgefahren, die Infrarotlichtkabine hatte letztlich doch noch ins Haus gepasst, nur hatte man sie durchs Fenster hieven müssen, wobei der Rahmen leicht beschädigt worden war. Er würde einen Beschwerdebrief schreiben müssen. Doch was ihn wirklich aufregte, das wusste er nicht. Schon seit Tagen arbeitete es in ihm, aber er kam zu keinem befriedigenden Ergebnis. Um halb zwölf nachts zog er sich an und machte sich auf den Weg zu seinem Supermarkt, denn wenn er schon nicht schlafen konnte, so konnte er doch wenigstens irgendetwas Sinnvolles tun, ein paar Kartons schichten oder die fällige Inventur bei den Putzwaren durchführen.

In der kalten Luft fühlte er sich besser, und Vito ging ohne besondere Eile und genoss es, seinen Gedanken beim Gehen sprichwörtlich freien Lauf zu lassen. Das tat er in letzter Zeit häufiger, denn wie er feststellen durfte, halfen ein Hometrainer und ein Laufband eventuell dabei, gegen überflüssige Pfunde anzugehen, seine Seele aber brauchte den freien Himmel über sich, um sich zu entspannen. Da nutzten weder neue Möbel noch Hi-Fi-Anlagen, noch eine Heimsauna, noch, sehr zu seiner Verwunderung, Sex. Also reduzierte Vito seine Freizeit wieder auf ein Minimum und verbrachte diese mit zunehmender Begeisterung abseits der Gesellschaft auf den entlegenen Feldwegen rund um Treviso.

Seit einer Woche ging das nun schon so, und langsam begann sich seine Anna Gedanken zu machen, doch im Grunde war sie viel zu beschäftigt mit der Umgestaltung ihres gemeinsamen Hauses, um sich ernstlich zu sorgen. Und das war auch nicht wirklich notwendig, wie Vito feststellte, denn er selbst sorgte sich auch nicht – bis vorhin. Als er feststellen musste, dass die extra aus Mailand angeforderte Infrarotlichtkabine das neugestaltete Badezimmer so weit verstopfte, dass man sich in dem Raum unmöglich wohlfühlen konnte, hatte er erkannt, dass ihm sein neues Leben über den Kopf gewachsen war, und er sehnte sich plötzlich nach den vertrauten Regalen und einer Palette Waschmittelkartons, die er mit dem Teppichmesser auseinanderschneiden konnte.

Schritt für Schritt bewegte sich Vito durch das nächtliche Treviso, vorbei an Häusern mit dunklen Fenstern, hinter denen seine Kunden schliefen. In den letzten zwölf Wochen hatte Vito einen Umsatz von 150000 Euro vorwiegend mit Plastikmadonnen, Minikruzifixen und Erfrischungsgetränken gemacht, ganz zu schweigen von den ewigen Lichtern mit Batteriebetrieb. Gekauft hatten diese Dinge die Pilgertouristen, doch auch wenn Vito seinen neuen Reichtum ebendiesen Pilgern verdankte, vermisste er das übliche Geplänkel mit seinen Stammkunden, für die er jetzt nur noch wenig Zeit hatte. All diese Menschen, die jetzt in ihren Betten lagen und von einer schönen Zukunft träumten, hatten keine Ahnung, dass ihr Leben nur durch Butter, Brot und Salami weitaus besser wurde als durch fliederfarbene Fliesen, Dunstabzugshauben und Fitnessgeräte. Vito seufzte. Und dann, als er an der Kirche vorbeikam, hörte er durch die offene Tür aufgeregte Stimmen, von denen eine ganz sicher Don Antonios war. Wenn ihn nicht alles täuschte, dann war die andere Stimme die des aufgeblasenen vatikanischen Abgesandten, der seit seiner Ankunft nichts anderes in seinem Supermarkt gekauft hatte als ein paar Taschentücher. Was taten sie bloß so spät nachts in der Kirche? Egal, ihn ging das nichts an, sollten die doch machen, was sie wollten, solange sie ihn in Ruhe ließen. Damit lenkte Vito seine Schritte an der Kirche vorbei.

9

«Das ist … Das ist einfach nicht möglich!», stotterte de Renzi.

«Wieso nicht? Aber wenn du darauf bestehst, kannst du mich gerne mit ein bisschen Weihwasser bespritzen und den Herrgott bemühen. Vielleicht fühlst du dich dann wohler.»

Francesco de Renzi war sich beinahe sicher, dass er halluzinierte. Wie konnte das sein? Vor ihm stand der Geist eines vor fünfundvierzig Jahren verstorbenen Pfarrers. Doch de Renzi war nicht der Einzige, der darüber mehr als nur erstaunt war. Hinter dem Geist Don Ignazios kam Don Antonio mit einer leeren Rotweinflasche in der Hand die Stufen von der Krypta in den Kirchenraum emporgestolpert.

«Wo willst du hin, alter Mann, ich war noch nicht fertig mit … Ach du heilige Scheiße!» Don Antonio sah die beiden Männer an. «Du?», brüllte er plötzlich de Renzi an. «*Du* kannst *ihn* sehen?» De Renzi wusste darauf nichts zu erwidern und nickte nur stumm. «Hau ab, das ist *mein* Geist!», donnerte Don Antonio, und weil er endlich die Chance gekommen sah, all seine Frustration, Ängste und Anstrengungen der letzten Monate an jemandem auszulassen, schrie er sich in Rage: «Das hier ist *meine* Kirche, verstehst du? MEINE! Und das ist *mein* Geist. Und *meine* Gemeinde. Und das da», und damit zeigte Don Antonio auf die Statue der ehemals weinenden Madonna, «das ist *meine* Madonna! Also hau ab und mach, dass du deinen Arsch zurück nach Rom bewegst!»

Don Ignazio war ja schon so einiges von seinem ehemaligen Schützling gewohnt, aber das ging dann doch zu weit. «Sei nicht so schrecklich ordinär. Wenn du den Messwein nicht verträgst, dann trink ihn nicht, Antonio! Und nun zu dir.» Damit wandte sich Don Ignazio an Francesco de Renzi, der, immer noch blass um die Nase und verstört, nichts auf die Angriffe des betrunkenen Don Antonio zu erwidern wusste. «Du, Francesco de Renzi, hast wirklich Nerven, hier aufzukreuzen, und das nach allem, was damals geschehen ist.»

«Ähm ...», sagte Francesco de Renzi nur.

Da kam Don Antonio nicht mehr mit. «Ihr kennt euch?», fragte er verwirrt.

«Bei Gott, wir kennen uns!», antwortete Don Ignazio. «Dass ich da nicht gleich draufgekommen bin! Wer heißt in dieser Gegend schon de Renzi? Aber bitte, wenn man so alt ist wie ich, dann braucht es schon mal seine Zeit, bis man die Zusammenhänge versteht.» Don Ignazio sah sich offenbar bemüßigt, sich bei Don Antonio zu entschuldigen, bevor er ihn darüber aufklärte, warum Francesco de Renzi für ihn tatsächlich kein Unbekannter war.

«Im Jahr 1945, der Krieg war noch nicht vorbei, bewarb sich bei mir ein Junge aus Castello della Libertà um eine Stelle als Ministrant. Die Kirche von Castello war im Winter 1943/44 ausgebrannt, und die Castellesen kamen in der Zeit zu mir in die Messe. Dieser ehrgeizige Junge wollte also Ministrant werden, nur dass es sein Vater niemals erlaubt hätte, denn Mauro de Renzi war überzeugter Faschist, und ich, nun ja, ich war der Feind. Also hab ich den Jungen wieder nach Hause geschickt, denn ich wusste genau, was es bedeutete, sich mit der Familie de Renzi anzulegen. Und er hat es mir nicht verziehen, dass er die erste wichtige Stufe auf der Karriereleiter zum Papst nicht erklimmen konnte. Als die Deutschen ihren Rückzug aus Italien antraten, brandschatzten und mordeten sie, wo immer sie hinkamen. Und der Junge bekam Gelegenheit zur Rache: Er verriet einem deutschen Soldaten, dass es in der Kirche von Treviso wertvolle Gegenstände und Waffen zu holen gebe, weil die Widerständler dort ihr Quartier hätten. Die Deutschen ermordeten den Küster, einen guten Mann von nicht einmal vierzig Jahren, der sich zufällig in der Kirche aufhielt, als sie hier eindrangen. Sie haben ihn draußen an die Wand gestellt und erschossen. Dann nahmen sie alles mit, was sie in die Finger kriegten, und das war beileibe nicht viel: ein paar Lüster, den Messkelch, ein paar Bilder, und sie schändeten die Madonna von Treviso, indem sie ihr die Augen ausstachen und den Heiligenschein abrissen. Nur reichte ihnen das nicht. Nachdem sie hier fertig waren, zogen sie im Dorf von Haus zu Haus, mordeten, vergewaltigten und nahmen mit, was immer sie tragen konnten. Nach dem Krieg zogen der Junge und seine Familie fort aus Castello, irgendwohin in den Süden, wo kein Mensch ihre Geschichte kannte, und bis heute hat nie wieder jemand von ihnen gehört.»

«Es tut mir leid», sagte Francesco de Renzi. Dann verstummte er. Es dauerte lange, bis sich der Abgesandte endlich umwandte und mit schweren Schritten die Kirche durch den Haupteingang verließ.

10

Es war ihm leichtgefallen, jemanden in sein Leben zu lassen, noch leichter war es, das Bett mit dieser Person zu teilen, aber bei der Neuaufteilung seines Hauses stieß Luigi auf ungeahnte innere Barrieren. Er begann den Ort, in dem er immerhin dreiunddreißig Jahre zusammen mit Chiara gelebt hatte, mit Marias Augen zu sehen, und plötzlich war ihm nichts gut genug. Die Vorhänge waren alt, die Sessel im Wohnzimmer waren alt, der Fernseher war uralt, und von der Farbe der Fliesen im Bad wollte er gar nicht reden. Alles kam ihm so schäbig, so abgenutzt vor. Wie sollte sich Maria darin wohlfühlen, und wie konnte er umgekehrt es schaffen, sein altes Leben, an dem er so gehangen hatte, mit seinem neuen zu verbinden?

Als Luigi diesen Morgen aufstand, hatte er einen Beschluss gefasst. Es hatte nicht die ganze Nacht gedauert, aber doch immerhin einige Stunden, bis er sich dazu durchgerungen hatte, die neue große Liebe seiner alten großen Liebe vorzustellen, und er hatte sich sehr erleichtert gefühlt, als die Entscheidung endlich gefallen war. Das war gegen ein Uhr dreißig gewesen. Danach war er in einen sanften Schlummer hinübergedämmert, aus dem er Punkt drei Uhr früh wieder erwachte, in seinen Gliedern die Angst davor, es Maria beizubringen. Gegen vier Uhr fünfundvierzig stand er schließlich auf, ging ins Badezimmer, knipste das kleine Licht am Spiegel an und begann seine Rede an Maria einzustudieren.

«Maria, jetzt, da wir uns gefunden haben, möchte ich mir eine Zukunft mit dir aufbauen, eine gemeinsame Zukunft. Und … äh … weil jede Zukunft auf einer Vergangenheit beruht … äh … wollte ich dich fragen, ob du bereit wärest, mit mir meine Vergangenheit zu besuchen. Nein, meine, meine … ach Gott!» Luigi bekam einen leichten Schweißausbruch und setzte sich erst einmal auf den Badewannenrand. Warum nur war ihm das Ganze so wichtig? Er hatte das Gefühl, Chiara an seinem neuen Leben teilhaben lassen zu müssen, und zu diesem neuen Leben gehörte nun einmal Maria. Aber musste er dazu wirklich beide Frauen aufeinandertreffen lassen? Er stand auf, sah sich selbst in die Augen und begann von vorn.

«Maria, du bist meine neue große Liebe … und weil du dies bist, möchte ich, will ich sagen, dass … Maria …» Pause. «Ach, verdammt, es wird schon irgendwie gehen.» Sagte es, machte das Licht aus und zog sich bis fünf Uhr dreißig ins Bett zurück. Dann stand er übernächtigt und mit dem unsicheren Gefühl mangelhafter Vorbereitung auf, so als müsste er noch einmal zu einer Mathematikprüfung antreten und hätte vergessen, wie man die Seiten eines Dreiecks berechnete.

11

«Du glaubst nicht, was mir heute Morgen passiert ist!», begrüßte ihn Maria, als Luigi sie an der Eingangstür zu seinem Haus empfing.

«Ich glaube dir alles, mein Herz!»

«Ich habe gerade einen Anruf von Berlusconi bekommen. Er kann ohne mich nicht leben und bittet mich, seine Frau zu werden. Und er schickt dir drei goldene Rolex-Armbanduhren, die du als Anzahlung für mich entgegennehmen sollst.»

«Was?» Luigi sah leicht irritiert aus.

«Na, er findet, das sei der angemessene Preis, jetzt, da ich keine Jungfrau mehr bin …» Maria wollte sich ausschütten vor Lachen, merkte aber schnell, dass Luigi ihr im Geiste nicht folgte. Also berichtete sie von einer französischen Pilgerin, die ihr heute Morgen in der Kirche begegnet war.

«Sie hat sich offensichtlich heimlich eingeschlichen, als ich eben kurz den Müll aus dem Foyer hinausbrachte, und als ich zurückkam, stand sie wie angewurzelt vor der Madonna und flüsterte immerzu ‹Mon dieu, mon dieu, mon dieu!›. Also bin ich zu ihr hin, um sie zu fragen, ob es ihr gutgehe. Da schaut sie mich wie in Trance an und fragt, wer ich denn sei. ‹Ich bin Maria›, antworte ich wahrheitsgemäß. Und was glaubst du, was die Frau dann tut? Sie sinkt auf die Knie, umklammert meine Beine und ruft: ‹Gelobt seist du, Maria!› Es hat mich ganze zehn Minuten gekostet, ihr klarzumachen, dass ich nicht die Muttergottes bin und sie sich besser an die Frau aus Holz wenden sollte.» Sie kicherte. Luigi, noch immer ganz mit seinen eigenen Gedanken beschäftigt, nickte nur, zeigte aber ansonsten keinerlei Reaktion, und allmählich begann sich Maria zu ärgern.

«Luigi! Ich erzähl dir hier meine beste Geschichten, und du zeigst überhaupt keine Reaktion! Was ist denn los mit dir?»

«Ich kann das nicht.»

«Was kannst du nicht?»

Stille.

«Der Fernseher ... Wir haben ihn zur Fußballweltmeisterschaft 1982 gekauft, und ich kann ihn nicht weggeben.» Luigi war ganz grau im Gesicht, dem ausgeschalteten Fernsehgerät nicht unähnlich, das er nun nicht aus seinem Leben lassen wollte.

«Wieso solltest du deinen Fernseher weggeben?»

«Er ist alt!»

«Ich bin auch alt. Du bist alt. Und?»

«Ich kann das einfach nicht», wiederholte Luigi. «Ich kann nicht mein ganzes Leben aufgeben, um mit dir neu anzufangen. Diese Sessel, diese Fliesen, das waren Chiara und ich, und ich kann das einfach nicht aufgeben, egal, wie alt oder hässlich du die Sachen findest.» Er sah sie an, und in seinem Blick lag die Verzweiflung eines Menschen, dessen Existenz bedroht war.

«Liebling», sagte sie, «niemand verlangt von dir, dass du irgendetwas wegschmeißt. Ich dachte nur, wir richten uns etwas neu ein und machen es uns hier gemütlich. Ich wusste ja nicht, wie sehr dein Herz an den Sachen hängt. Selbstverständlich können die Dinge bleiben.»

«Danke», sagte er tonlos, denn in Marias Gesicht stand deutlich das Wort Verständnis neben ihrer Enttäuschung geschrieben. Natürlich wusste sie, was er meinte, denn immerhin gab auch sie einige Dinge in ihrem Leben auf, um mit ihm neu anzufangen. Andererseits fiel es ihr deutlich leichter, sich auf ihn einzulassen, jetzt wo sie schon einmal über sämtliche Schatten gesprungen war. Ein Blick auf ihren zukünftigen Mann genügte aber, um ihr zu sagen, dass dies noch nicht alles war. Also fragte sie weiter: «Gibt es noch etwas, das du mir sagen möchtest?»

Er atmete flach. «Ja, ich wollte dich gerne etwas fragen.»

«Na dann frag mich», sagte Maria.

«Liebste», sagte er, «willst du meine Frau kennenlernen?»

12

Maria hielt einen Strauß rosafarbener Rosen im Arm, weil dies Chiaras Lieblingsblumen gewesen waren. Für eine Weile standen sie stumm und andächtig vor dem Grab, und Maria hoffte auf ein Zeichen, wann der Zeitpunkt gekommen wäre, das Schweigen zu beenden. Schließlich legte sie die Blumen auf das mit weißen Kieselsteinen gefüllte Grabfeld und trat einen Schritt zurück. Sie blickte zu Luigi.

«Willst du etwas sagen?»

Er räusperte sich. «Chiara, ich möchte dir jemanden vorstellen. Das hier ist Maria. Wir werden bald heiraten, und ich wollte, dass du sie kennenlernst.» Nun blickte er zu Maria und nickte ihr aufmunternd zu.

«Hallo», sagte Maria. «Es freut mich, Sie hier zu sehen.» Luigi sah sie bestürzt an. «Nein, ich will sagen, es freut mich sehr, Sie zu treffen.» Luigis Mund verzog sich zu einem schmerzlichen und lautlosen Seufzer, und Maria unternahm einen dritten Anlauf. «Ich bin Maria, und ich liebe Ihren Mann und werde bald seine Frau werden. Und Sie sollen wissen, dass wir Ihr Andenken immer bewahren werden und dass ich sehr glücklich bin, in Ihr gemeinsames Haus einziehen zu dürfen, trotz der braunen Fliesen im Bad. Es hat so einen schönen Blick auf die Hügel von Castello, und die Küchenschränke sind sehr praktisch, weil dort so viel hineinpasst, und die Abstellkammer für die Lebensmittel ist so erstaunlich kühl, und wie gesagt, ich liebe Ihren Mann sehr, und jetzt weiß ich nicht mehr, was ich sagen soll. Ich hoffe, Ihnen gefallen die Blumen.» Maria blickte zu Luigi hinüber, dessen Gesichtsausdruck von schmerzlich berührt zu wohlwollend gewechselt hatte. Und obwohl sie selbstverständlich keine Antwort erhielt, hatte Maria das Gefühl, ihr Möglichstes getan zu haben.

«Möchtest du, dass wir nach Castello fahren und dort deinen Mann und deinen Sohn besuchen?», fragte Luigi. Maria dachte kurz nach, schüttelte dann aber energisch den Kopf.

«Nein, aber ich will dir etwas zeigen. Komm.»

Im Pfarrhaus war es totenstill. Offenbar war Don Antonio nicht zu Hause. Maria platzierte Luigi in einem der bequemen alten Ledersessel im Wohnzimmer, verschwand dann in ihrem Zimmer und kam bald darauf mit einer Schachtel unterm Arm zurück. Sie wollte etwas sagen, wollte ihm erzählen, wie sehr sie der Tod ihres Kindes immer noch schmerzte, wie wenig sie den Verlust überwunden hatte und wie unendlich traurig er sie an jedem Tag ihres Lebens machte. Aber dann stellte sie einfach die Schachtel auf den Tisch und sagte: «Hier, das wollte ich dir zeigen.» Sie setzte sich neben ihn, hob den Deckel auf und zog einen Papierhut hervor. «Hier, den hat mein kleiner Antonio zu seinem fünften Geburtstag getragen. Es war eine riesige Party. Es gab grünen Wackelpudding, aber keines der Kinder wollte ihn essen, weil Antonio ihnen erzählt hatte, dass er aus Fröschen gemacht war. Er wollte ihn ganz für sich allein haben … Und das hier, das hat er mir mal gebastelt.» Sie zog ein halbfertiges Boot aus Eisstielen hervor. «Es ist nicht rechtzeitig bis zu meinem Geburtstag fertig geworden, deswegen hat er furchtbar geweint. Und das hier …»

Es dauerte den ganzen Nachmittag und den ganzen Abend. Maria erzählte von den vielen kleinen und großen Begebenheiten aus der gemeinsamen Zeit mit ihrem Sohn und ihrem Mann, und Luigi hörte ihr zu. Dann sprachen sie über Chiara und über die vielen schönen Dinge, die man zusammen mit seinen Liebsten erlebt hatte. Wie Maria sich darüber geärgert hatte, dass Antonio seine Schulsachen immer verlor. Wie lästig Chiaras Schnarchen war. Wie bezaubernd Antonio lächeln konnte. Wie gern er ihr schwarzes Kleid mit den weißen Tupfen hatte. Wie gut Marias Mann singen konnte und wie schlecht sie selbst. Wie gern man die Toten gekannt hätte. Wie froh man war, den anderen gefunden zu haben.

13

Etwas hatte sich verändert. Die ausgelassene Goldgräberstimmung der letzten Wochen war einer Ernüchterung gewichen, die sich in langen Arbeitstagen und wenigen Ruhestunden messen ließ. Pilger mussten versorgt, verköstigt, manchmal verarztet, in jedem Fall aber spirituell betreut werden, und so langsam machte dies den Einwohnern von Treviso zu schaffen. Jeder, der auch nur ansatzweise am Sakraltourismus verdiente, war mit Arbeit überhäuft, und nachdem dieser Boom nun schon einige Monate lang anhielt, begann sich der eine oder andere zu fragen, wann er denn mal wieder Zeit für sich, für den Liebsten, für die Familie oder gar für so etwas wie ein Hobby finden würde.

Sicher, man nahm sich kurze Auszeiten, in denen man in der Trattoria aß oder trank und vielleicht mal mit dem Auto nach Vicenza fuhr, um dort einzukaufen oder ins Kino zu gehen. Die genussvolle Langeweile des trevisianischen Alltags aber war dahin, und nach der Freude über das viele Geld, das mit den Pilgern seinen Weg nach Treviso gefunden hatte, war man an einem Punkt angelangt, an dem man sich ausgelaugt fühlte. So erging es Vito und seiner Frau Anna, deren Supermarkt brummte, aber deren Konversation sich seit einigen Tagen nur noch auf das Nötigste beschränkte. Nicht einmal zum Streiten fanden sie noch Zeit. Und so erging es Massimo und seiner Familie mit ihrer Trattoria und dem neuen Pensionsbetrieb, denn zwischen Bettenmachen,

Kochen und Abwasch blieb keine Zeit mehr für die ausgedehnten Unterhaltungen mit den Gästen. Sogar der Bürgermeister Mario war schon seit drei Wochen nicht dazu gekommen, seine Mutter anzurufen, denn über Pilgerbegrüßungen und Haushaltsplanung für das kommende Jahr hatte er sie einfach vergessen. Einzig Luigi weigerte sich, seinen Friseurladen für die Pilgerinnen mit Dauerwelle länger offen zu lassen als üblich, denn er wollte jede freie Minute mit Maria verbringen, was er auch tat.

Und dann war da der Ort selbst: die Parkplätze, die Busse, die vielen Informationsbroschürenständer – eine dieser Ideen des Bürgermeisters –, die Spruchbänder zur Begrüßung der Pilgertouristen, die Spruchbänder zur Verabschiedung der Pilgertouristen («Auf Wiedersehen in Treviso, dem Ort, an dem die Freudentränen fließen»): Nein, man war sich ganz und gar nicht sicher, ob einem die Veränderung nicht langsam zu viel wurde. Fast hätte man sich wünschen können, dass der vatikanische Abgesandte dem Treiben ein Ende gesetzt hätte. Aber der reiste am 1. Februar wieder ab, ohne dass er auch nur einen Kommentar zur weinenden Madonna verloren hätte. Selbst Bischof Santini wusste sich keinen Reim darauf zu machen. Lediglich das selbstgefällige Auftreten Don Antonios gab ihm zu denken.

So hätte die Geschichte enden können. Viele Menschen hatten gefunden, was sie suchten, ohne dass sie am Ende mit dem glücklich waren, was sie hatten. Ein Ort erhielt sein Leben zurück, der Bösewicht musste gehen, und die Liebe hatte gesiegt. Ja, so hätte es enden können – das tat es aber nicht.

14

Liebster Giorgio,
mache gerade einen Sprachkurs in Budapest. Ich verstehe hier einfach gar nichts. Wer behauptet hat, Finnisch und Ungarisch hätten etwas miteinander gemein, dem ist nicht zu helfen. Wenigstens gibt es hier Dampfbäder, was bedeutet, dass wir Finnen mit den Ungarn immerhin eine Sache gemeinsam haben: Wir sitzen gerne nackt im Nebel herum.
Küsse, Tarja

15

Es war der 6. Februar, an dem Salvatore Tarlo das leise Gefühl beschlich, einen Fehler begangen zu haben. Allerdings dauerte es bis zum 8. Februar, bis ihm klarwurde, worin genau dieser Fehler bestand. Als er es endlich herausfand, war es schon zu spät. Und so sah Salvatore keine Notwendigkeit, Don Antonio schon wieder mit einer schlechten Nachricht aufzusuchen. Nicht zuletzt wollte er auch seine eigenen Nerven schonen, denn einen weiteren Zornesausbruch seines Freundes hätte er schwerlich ertragen. Daher erfuhr Don Antonio an diesem 8. Februar nicht, dass Salvatore versehentlich die weinende Madonna per Expresspost an seinen Kunden in der Hauptstadt versandt hatte, ohne den Mechanismus im Inneren der Holzfigur zuvor auszuschalten beziehungsweise zu entfernen.

An diesem 8. Februar sah alles danach aus, als ob es ein arbeitsreiches Frühjahr für das kleine Dorf werden sollte. Im Büro des Bürgermeisters waren nicht weniger als dreiundzwanzig Anfragen von Pilgergruppen aus ganz Europa eingegangen, die in den kommenden Wochen ihre Reise nach Treviso antreten wollten. Auch die Führungen durch die Ortschaft mit anschließendem Kurzvortrag über die Römerstraße boomten geradezu, und Luisa, Don Antonios Nichte, musste bereits drei Gruppen auf den Spätsommer vertrösten, weil ihre Kapazitäten erschöpft waren. Ähnliches galt für die Buchungslage in Massimos Pension, und Vito hatte seufzend eine extragroße Palette mit Sakralartikeln aus buntem Plastik für das Supermarktsortiment bestellen müssen.

Der Zustrom nach Treviso war ungebrochen, und das, obwohl bei der weinenden Madonna ganz offensichtlich keine Tränen mehr flossen. Das schien die Pilger aber überhaupt nicht zu stören. Allein die Tatsache, dass sie einmal geweint hatte, machte dieses von der Kirche unautorisierte Wunder zum Touristenmagneten der ganzen Region. Dabei suchten die wenigsten Pilger in Treviso nach spiritueller Erleuchtung oder gar so etwas wie Heilung von Krankheiten, Ehescheidungen und sonstigen Traumata. Sie wollten ihre Pilgerreise vielmehr als eine Art Event genießen: Kommt nach Treviso, werft einen Blick auf die weinende Madonna, und dann feiert, was das Zeug hält!

Vielleicht war es leichtsinnig zu glauben, dass dies immer so weitergehen würde, doch im Moment konnte sich Don Antonio nicht vorstellen, dass noch etwas zwischen ihn und die Madonna kommen konnte. Stattdessen freute er sich an dem Zustrom der Gläubigen, die in Treviso offenbar das fanden, was sie suchten – was auch immer das war.

16

Seit er sein Amt als Bürgermeister von Castello della Libertà hatte niederlegen müssen, verbrachte Emmanuele Benito Longhi sehr viel Zeit damit, über mögliche Rachepläne nachzudenken, um es Don Antonio, seiner Schwester und dem gesamten Ort Treviso und ihrer Madonna heimzuzahlen. Die andere Hälfte des Tages las er Zeitung. Für gewöhnlich begann er mit der *Gazzetta dello Sport*, vertiefte sich danach in ein regionales Anzeigenblatt, löste einige kurze Zahlenrätsel und griff zu guter Letzt zu einer der drei bis vier Tageszeitungen, die ihm seine Frau täglich am Kiosk kaufte, damit er beschäftigt war.

Heute war dies nicht anders. Nachdem der ehemalige Bürgermeister Longhi also die *Gazzetta dello Sport* durchhatte und bereits am dritten Sudoku gescheitert war, griff er widerwillig zur *Repubblica*, und da war sie, auf Seite fünfzehn, die Kurzmeldung, die ihm ganz unverhofft den Ball zuspielte, den er für einen perfekten Schachzug gegen Treviso brauchte. Unter der Rubrik Vermischtes stand unter der Überschrift *Verwunderlich, aber doch kein Wunder* zu lesen:

Rom. Eine Madonnenstatue im Privatbesitz eines anonymen Kunstsammlers begann vor wenigen Tagen, blutrote Tränen zu weinen. Die Madonna ist eine Kopie der berühmten weinenden Madonna von Treviso (Venetien). Nach eingehender Untersuchung wurde festgestellt, dass die Statue über einen verborgenen Mechanismus verfügt, der aus noch ungeklärter Ursache plötzlich in Gang gesetzt worden war und der für die Tränenflut verantwortlich ist. Ein erneutes Wunder kann damit ausgeschlossen werden.

Mit einem Schlag war dem ehemaligen Bürgermeister von Castello klar, dass hierin die Chance auf seine Rehabilitierung lag. Er, Emmanuele Benito Longhi, würde dafür sorgen, dass das sogenannte Wunder und die ganze Pilgerei ihr Ende fänden und dass Treviso wieder den Platz einnehmen würde, der diesem Elendsdorf zukam – in der Versenkung!

17

Es war Markttag in Treviso, und Salvatore Tarlo hatte bereits Aufstellung hinter seinem Stand genommen. Eine Gruppe westfälischer Kegelclubdamen mit religiöser Überzeugung und aufrichtigem Interesse an handgeschnitzten Katzenfiguren scharte sich wie aus dem Nichts um ihn und machte ihn binnen sieben Minuten zu einem erfolgreichen Unternehmer – wenigstens für diesen Tag. Gerade legte er sich neues Wechselgeld zurecht, als die Frau, deren Gemüsestand an den seinen grenzte, ihm deutlich und für alle Umstehenden verständlich zuflüsterte: «Was sagen Sie *dazu*, Signor Tarlo? Ist das nicht einfach unglaublich?»

Salvatore, dank der Westfälinnen immer noch ganz im Goldrausch, begriff nicht, was sie meinte, und nahm an, sie spreche ihn auf das Konsumverhalten der deutschen Pilgerinnen an, also strahlte er und sagte: «Ja, unglaublich! So viel hab ich seit langem nicht an einem Tag verkauft!» Aber offensichtlich hatte er sie falsch verstanden.

«Nein, ich meine doch Longhi, den Bürgermeister, oder sagen wir besser Exbürgermeister, und was er über unsere Madonna gesagt hat.»

Nein, davon habe er noch nichts gehört. Sei es denn etwas Schlimmes?

«Allerdings! Dieser Bastard hat doch glatt behauptet, dass die weinende Madonna von Treviso eine Fälschung ist!»

Das sei ja wirklich unerhört, sagte Salvatore. Und könne dieser Longhi das auch beweisen?

«Er sagt, er kann es, wenn man ihn lässt. Er behauptet, die Madonna hat einen kleinen Mechanismus im Inneren, und der macht, dass sie Rotweintränen weint. Ich persönlich», und damit beugte sich die Gemüsefrau noch ein wenig näher zu Salvatore, «denke ja, dass Longhi jetzt endgültig durchgeknallt ist. Schließlich hat der Mann versucht, das Rathaus anzuzünden. Ich meine, das sagt doch schon alles!»

«Jaja», antwortete Salvatore zerstreut, und nach einer Pause fügte er hinzu: «Sagt man sich auch, woher er den Unsinn mit dem Mechanismus in der Madonna hat?»

«Angeblich stand es in der *Repubblica.*»

«In der *Repubblica*?»

«Jawohl, in der *Repubblica.* Eine Madonna in Rom, angeblich eine Kopie von unserer aus Treviso, hat angefangen, rote Tränen zu weinen. Sie haben sie geröntgt. In der ist so ein Mechanismus drin!»

Salvatore konnte nur noch eines denken: Wie lange würde es dauern, bis Don Antonio dieses Gerücht zu Ohren kam, und würde die Zeit bis dahin ausreichen, um das Dorf zu verlassen?

18

Sie reichte nicht. Als Salvatore gegen sechzehn Uhr in seine Straße einbog, wartete Don Antonio bereits ungeduldig vor seiner Haustür. Obwohl Salvatore wusste, warum er da war, beschloss er, die Aussprache noch ein paar Sekunden hinauszuzögern, bis ihm eine gute Entschuldigung eingefallen war.

«Kriecht dir ein Engel aus dem Arsch, oder warum guckst du so verkniffen?» Es sollte ein Scherz sein, aber bei Don Antonio verfehlte er leider seine Wirkung. Nun muss ich mir gleich zwei Entschuldigungen auf einmal ausdenken, dachte Salvatore, und weil das seinen Intellekt dann doch ein bisschen überforderte, ließ er in den folgenden Minuten eine wilde Tirade aus Verwünschungen, Beschimpfungen und kaum kaschierten Drohungen wortlos über sich ergehen, während er den aufgebrachten Don Antonio kurzerhand auf einen Küchenstuhl bugsierte und Kaffee aufbrühte. Und dann passierte das Seltsame: Der Priester brach in sich zusammen. Von einer Sekunde auf die andere sah man in Don Antonios Gesicht die Müdigkeit, Niedergeschlagenheit und Hoffnungslosigkeit vor einer Situation, der er nicht mehr gewachsen war und die zu beherrschen er schon lange aufgegeben hatte. Salvatore fühlte Mitleid mit seinem Freund und legte ihm die Hand auf die Schulter.

«Und das Schlimmste ist», sagte Don Antonio, «dass wir so gar nichts machen können. Ich meine, wenn Fratelli klagen will, dann wird er es tun, und ich habe keine Ahnung, wie ich ihn davon abbringen soll, einen solchen Prozess anzuzetteln!»

«Fratelli? Unser Bürgermeister? Ich verstehe nicht ganz ...» Salvatore hatte offensichtlich den Faden verloren. Wer klagte hier wen an – und warum?

«Ja, unser Hornochse von Bürgermeister, Mario Fratelli, will eine Klage einreichen, mit der er Longhi beweisen kann, dass unsere Madonna keine Fälschung ist. Verstehst du, diesmal haben sie uns am Arsch! Wenn es zum Prozess kommt, dann sind wir beide geliefert!»

Salvatore begriff, dass er seinen Stand für Geschnitztes und Gedrechseltes demnächst in Vicenza aufstellen konnte, denn in Treviso würde er als Geschäftsmann keinen Fuß mehr auf den Boden kriegen. Was wohl seine Standnachbarin dazu sagen würde, die Gemüsefrau, die ihm am Ende des Markttages immer einen Sack mit Artischocken, Tomaten und Petersilie schenkte und die dafür nie auch nur eine Gegenleistung erwartet hatte?

«Woran denkst du?», fragte Don Antonio.

«An nichts Besonderes», sagte Salvatore, «nur an Artischocken und was die wohl in Vicenza kosten.»

19

Selbstverständlich hatte es der ganze Ort immer gewusst. Nein, überrascht hatte es in der Tat niemanden. Man hatte schon so allerhand gehört. Und wenn man es nicht gehört hatte, so hatte man es immerhin laut gedacht. Die aus Treviso waren doch schon immer so gewesen. Und man war durchaus der Ansicht, dass dies einmal ein Ende haben musste. Wie war noch gleich die Frage?

Castello della Libertà war im medialen Ausnahmezustand angelangt. Von *Il Gazzettino* bis *La Sicilia* schienen sich in den Pilgerquartieren überhaupt nur noch Journalisten und keine Pilger mehr herumzutreiben. Wo immer ein Castellese hintrat, wartete bereits ein Reporter darauf, was er zu sagen hatte, und die Castellesen hatten eine ganze Menge zu sagen, vorwiegend Unschönes über ihre Nachbarn in Treviso. Diese revanchierten sich dann auch gleich mit Interviews im italienischen Fernsehen, wie zum Beispiel Bürgermeister Mario Fratelli, der den Prozess gegen den Exbürgermeister von Castello angestrengt hatte, um zu beweisen, dass die weinende Madonna von Treviso keine Fälschung sei. Zu diesem Zweck hatte Mario hinter seinem nunmehr sehr aufgeräumt wirkenden Schreibtisch Platz genommen und sprach deutlich und mit energischer Gestik in die Kamera von RAI 2, während ihm ein feines Schweißrinnsal über das linke Auge lief. Dennoch fand man in Treviso, dass der Bürgermeister seine Sache sehr gut machte, und bestätigte ihm auf Nachfrage gerne, er habe im Fernsehen würdevoll und respekteinflößend gewirkt, während Emmanuele Benito Longhi wie ein Irrer herumgeturnt sei und nichts als Lügen verbreitet habe.

Dies entsprach durchaus nicht der Wahrheit. Longhi hatte sich nicht wie ein Irrer benommen, sondern so gewirkt, als wisse er, was er da tue, und als hätte er keine Skrupel, dieses Wissen auch einzusetzen. Longhi bedeutete für Treviso eine Gefahr, denn seine Aussagen kamen der Wahrheit weit näher, als Bürgermeister Mario oder irgendein anderer Trevisaner sich das träumen ließ – mit Ausnahme von Don Antonio, seiner Schwester Maria, ihrem Verlobten Luigi und natürlich Salvatore Tarlo, der schon mal still und leise bei der Stadtverwaltung in Vicenza um die Genehmigung eines Marktstandes für Holzschnitzwerk angesucht hatte.

Don Antonio war von einem Zustand der Verzweiflung, gefolgt von Agonie, nun in eine gottergebene Stimmung gefallen, in der er sich wieder auf seine Tugenden als Priester besann, mit dem feinen Unterschied, dass er sich vorwiegend um sein eigenes Seelenheil kümmerte, und nicht um das seiner Gemeindemitglieder, denn dieser Haufen unverbesserlicher Optimisten war sich ganz sicher, den Prozess gewinnen zu können. So hatte zum Beispiel Massimo in seiner Trattoria ein kleines Wettbüro eingerichtet, das sich einzig mit der Frage beschäftigte, wie viele Tage der Prozess dauern würde. Dass Treviso gewinnen würde, stand selbstverständlich außer Frage. Die meisten Menschen, die an der Wette teilnahmen, waren Journalisten. Sie hatten jetzt die Doppelzimmer mit Waschbecken und WC überm Gang in Massimos Pension gemietet, um live vom Prozess berichten zu können, der schon in einer Woche beginnen sollte. Die überwiegende Mehrheit tippte auf eine Prozessdauer von drei Tagen. Nur Giorgio, der missgelaunte und liebeskummerkranke Neffe des Bürgermeisters, äußerte sich lautstark, er würde seinen Hintern nicht darauf verwetten, dass Treviso den Prozess gewinnt, und forderte eine Quote für den Fall, dass es «zum Äußersten» käme. «Nicht meinen Arsch», schrie Giorgio, «ich verwette hier nicht meinen Arsch! Die gewinnen, wir verlieren. So war das immer, und so bleibt das auch immer!» Massimo erteilte ihm daraufhin Lokalverbot.

Mario war von seinem Neffen natürlich enttäuscht, aber im Grunde viel zu beschäftigt, um sich in diesen Tagen seiner Familie widmen zu können. Er gab Interviews, betrank sich gemeinschaftlich mit seinem Anwalt und betrieb so etwas wie Recherche, indem er ein Buch über Madonnenerscheinungen in Norditalien im 19. Jahrhunderts durchblätterte. Es ging Bürgermeister Mario um die Ehre, seine, die Trevisos, und nicht zuletzt war dies immerhin auch ein Kampf zwischen Gott und den Faschisten. Da war es doch ganz klar, wer gewinnen musste.

Woher aber dieses außerordentliche Medieninteresse an dem Fall rührte, konnte eigentlich niemand sagen. Natürlich bot sich hier nach außen eine spannende Auseinandersetzung zwischen konservativen Christen und erzreaktionären Faschisten der interessierten Öffentlichkeit an, aber was die Leute wirklich hinter dem Ofen hervorlockte, war eine Art Spielerleidenschaft.

Echt oder unecht? Wunder oder Fälschung? Göttliches Zeichen oder menschlicher Abgrund? Wer schwierige Zeiten durchmacht, der sucht oft nach einfachen Antworten, und hier war die Antwort besonders einfach, denn es gab nur ein Ja oder ein Nein, und man hatte immerhin eine fünfzigprozentige Chance, auf der richtigen Seite zu stehen. Don Antonio wusste, dass sich Treviso gerade einen Strick drehte, und dennoch brachte er es nicht über sich, die fertige Schlinge um den eigenen Hals zu legen, um damit die Trevisaner zu retten. Der Prozess würde stattfinden.

20

Liebster Giorgio,
habe mich in Budapest schrecklich erkältet, kuriere mich nun mit Wodka in Krakau.
Verschnupfte Grüße, T.

PS: Nächste Woche fliege ich von Warschau aus zurück nach Finnland. Habe genug von Europa im Schneeregen. Schick mir doch auch mal eine Karte. Meine Adresse lautet …

21

Der Prozess um die weinende Madonna von Treviso begann an einem Frühlingstag im April. Die beiden Kontrahenten Mario Fratelli und Emmanuele Benito Longhi saßen in ihren besten Anzügen im Gerichtssaal des Bezirksgerichts Padua und brannten darauf, es dem jeweils anderen heimzuzahlen. In den hinteren Zuschauerreihen verfolgten die beiden verfeindeten Lager der Trevisaner und der Castellesen gespannt den Prozess, während vor der Tür des Gerichtssaales der Zeuge Don Antonio nervös auf und ab ging. Sosehr ihn Salvatore Tarlo und seine Schwester, die ebenfalls als Zeugen geladen waren, zu beruhigen suchten, es half nichts. Also ließen sie ihn auf dem Flur des Bezirksgerichts die Rillen zwischen den Linoleumbeschlägen zählen. Bei Nummer dreiundzwanzig rannte Don Antonio, der unablässig auf den Boden geblickt hatte und leise Flüche murmelte, die wie Stoßgebete klangen, gegen ein schwarzes Ornat. Als er aufblickte, wünschte er sich, der Linoleumboden möge sich bei Rille dreiundzwanzig unter ihm öffnen und ihn verschlingen. Don Antonio starrte in die braunen Augen Francesco de Renzis.

Er hätte gerne etwas gesagt, anstatt de Renzi einfach nur anzuglotzen wie das Reh den Jäger, aber Don Antonio fiel bei aller Liebe nichts ein. De Renzi, dem die Begegnung mindestens ebenso unangenehm war, schien auch nicht gerade darauf aus, höfliche Konversation zu betreiben. Stattdessen nickte er Don Antonio kurz zu und setzte sich, Maria und Salvatore Tarlo ignorierend, auf eine der umstehenden Bänke, griff in seine Aktentasche, kramte ein recht abgegriffenes Exemplar von Sallusts *De coniuratione Catilinae* hervor und begann zu lesen.

Um sich zu beruhigen, suchte Don Antonio kurz den Blick seiner Schwester, aber die war gerade mit einem distinguierten Herren mit schwarzem Kinnbart ins Gespräch vertieft, und mit Salvatore Tarlo wollte er ganz einfach nicht sprechen, sosehr sich ihm dieser auch durch aufmunternde Blicke und Gesten anbot. Als Don Antonio endlich seine zornigen Augen auf den armen Salvatore richtete, verschwand der kleinlaut auf der Toilette und kehrte erst wieder, als man ihn in den Zeugenstand rief. Als Nächstes war der Herr mit Kinnbart an der Reihe, dann Francesco de Renzi. Maria wurde mitgeteilt, dass man sie nicht mehr benötige und sie gehen dürfe, und dann kam die Reihe an ihn. Don Antonio betrat den Gerichtssaal wie ein Schaf, das darauf hoffte, man würde sich allein mit seinem Fell zufriedengeben, ohne ihm die Kehle durchzuschneiden. Tatsächlich aber erwartete er, dass man ihn schlachtete.

22

Als er seine persönlichen Daten genannt hatte, wanderte Don Antonios Blick durch den überfüllten Gerichtssaal. Dort saßen Mario Fratelli, der ihm aufmerksam zuzwinkerte und die Finger zum Siegeszeichen hob, seine Schwester, die sich in die hinterste Reihe gezwängt hatte und seinen Blick mit Mitleid in den Augen quittierte, und da saß Francesco de Renzi, die Arme vor der Brust gefaltet, verschlossen, abwartend. Was hatte der dem Richter wohl erzählt? Don Antonio nahm nicht an, dass de Renzi seine ganze Vergangenheit beichten würde, aber das bedeutete nicht, dass er nicht alles daransetzte, um die weinende Madonna als Fälschung zu entlarven und sich so an Don Antonio zu rächen. Was also hatte de Renzi vor? Und gerade als Don Antonio glaubte, Francesco de Renzi sei sein größtes Problem im Raum, winkte ihm Don Ignazio vom Fensterbrett aus zu. Der untote Pfarrer von Treviso hatte es sich unweit der Richterbank gemütlich gemacht, ließ seine Beine baumeln und beobachtete amüsiert das Treiben im Saal.

Don Antonio hatte den Geist des Pfarrers noch nie außerhalb der Kirche gesehen. Genaugenommen hatte er ihn, mit Ausnahme der Nacht, in der Don Ignazio das Geheimnis Francesco de Renzis enttarnt hatte, nie außerhalb der Krypta gesehen. Und nun saß er hier im Bezirksgericht vor dem Fenster und wirkte so lebensecht wie der Richter und alle anderen im Saal. Don Antonio war sich jetzt ganz sicher, dass er langsam durchdrehte.

Kurz bevor der Anwalt Emmanuele Benito Longhis begann, seine Fragen an ihn zu richten, schoss ihm durch den Kopf, dass, wenn er Don Ignazio sehen konnte, Francesco de Renzi es vielleicht auch könne, und das brachte ihn derart aus der Fassung, dass er die Frage erst nach dreifacher Wiederholung beantworten konnte.

«Sie sind seit dreiunddreißig Jahren Pfarrer der Gemeinde Treviso?»

«Ähm … ja», sagte Don Antonio.

«Ist Ihnen in dieser gesamten Zeit jemals etwas Ungewöhnliches an der betreffenden Madonnenstatue aufgefallen?»

«Ähm … nein.»

«Nein?»

«Nein.»

«Ich sage Ihnen auch, warum dies so ist. Die Madonna», und hier machte der Anwalt eine bedeutungsschwangere Pause, «konnte in den letzten dreiunddreißig Jahren niemandem auffallen, weil sie sich gar nicht im Kirchenschiff befand. Erst im September des letzten Jahres, so die Aussage mehrerer Zeugen, tauchte sie plötzlich wie aus dem Nichts in einer Seitenloge der Kirche von Treviso auf.» Und damit zeigte der Anwalt auf die besagte Madonnenstatue, die als Beweismittel nun auf einem Eichenholztisch links neben der Richterbank stand, in seltsamer Eintracht mit ihrer von Salvatore Tarlo gefertigten Zwillingsschwester. Zusammen mit ihrem Besitzer, dem kinnbärtigen Herrn, der sich vorhin mit Maria unterhalten hatte, war die Statue aus Rom hierhergebracht worden. Der römische Kunstkenner hatte zuvor bereits geschildert, wie es zur Entdeckung des Mechanismus im Inneren der Madonna gekommen war. Offenbar hatte die Fernbedienung seines Fernsehgerätes zur Aktivierung der Tränenpumpe geführt, und Don Antonio verfluchte den Tag, an dem seine Schwester Salvatore Tarlo über die Schwelle des Pfarrhauses von Treviso gelassen hatte. Jetzt, wo die beiden Statuen nebeneinanderstanden, konnte man deutlich erkennen, dass eine der beiden kleiner war.

«Diese Statue», fuhr der Anwalt fort, «lag jahrzehntelang in der Krypta der Kirche von Treviso.»

«Er ist gut», sagte Don Ignazio. «Pass auf, Junge, jetzt wird er dich fragen, ob du sie in der Kirche aufgestellt hast.»

Konnte ihn sonst noch jemand hören? Die anderen Menschen im Saal schienen keine Notiz von dem feixenden Pfarrer auf dem Fensterbrett zu nehmen.

«Haben Sie die Madonna im September letzten Jahres dort platziert?»

«Ich ... ja, also, nein, platziert hab ich sie nicht, ich habe sie dort aufgestellt, weil ...»

«Und das sogenannte Wunder ereignete sich zum ersten Mal am 15. September im Rahmen einer Hochzeit?»

«Ja», antwortete Don Antonio, der seine feuchten Hände möglichst unauffällig an seinem Gewand abzutrocknen suchte. Erneut blickte er in Richtung de Renzis, der aber immer noch mit steinerner Miene zum

Richter schaute und sowohl die Blicke Don Antonios wie auch Don Ignazios entweder nicht zu bemerken schien oder sie schlichtweg ignorierte. Derweil kam der Anwalt der Castellesen in Fahrt.

«Ist es richtig, dass die Madonna von Ihnen zuvor einem ortsansässigen Schnitzmeister namens Salvatore Tarlo anvertraut worden war, der sie vor der Aufstellung in der Kirche restaurieren sollte?»

«Gewissermaßen ja», sagte Don Antonio.

«So, jetzt kommt der Showdown, Antonio, mach dich bereit!», kicherte Don Ignazio auf seiner Bank.

Don Antonio sah seinen Vorgänger verzweifelt an. «Halt den Mund, alter Mann!», zischte er in Richtung Fenster.

«Wie bitte?», fragte der Anwalt. «Haben Sie etwas gesagt?»

«Nein, ich habe … nein, ich wollte nichts …», stammelte Don Antonio. Er durfte sich nicht aus der Ruhe bringen lassen. Er durfte es einfach nicht.

«Ist es ferner richtig», fuhr der Anwalt fort, «dass Sie, Don Antonio, dem Schnitzmeister Salvatore Tarlo die Anweisung gaben, die Madonnenstatue derart zu präparieren, dass sie bei Aktivierung eines Mechanismus beginnen würde, blutige Tränen zu weinen, und dass diese Tränen dem Betrachter ein göttliches Wunder vorgaukeln sollten, sodass Treviso fortan zu einer Pilgerstätte für Christen aus aller Welt würde, die in der weinenden Madonna ein göttliches Zeichen sehen sollten? Ist es nicht so, dass Sie dieses *Wunder* bewusst herbeigeführt haben, um damit Ihre Gemeinde, die Pilger und nicht zuletzt die gesamte Christenheit zu täuschen?» Plötzlich begann der Saal zu kochen. Von den hinteren Bänken aus prasselten Buhrufe und Verwünschungen auf den Anwalt nieder, und Don Antonios Herz begann zu rasen, während der Tumult Don Ignazio und Francesco de Renzi als Einzige vollkommen unbeeindruckt zu lassen schien.

«Nein, das ist nicht wahr!», entgegnete Don Antonio. «Ich habe nichts dergleichen getan.»

«Wehr dich, Junge, na los!», keifte der Geist Don Ignazios.

«Gottverdammter Lügner!», brüllten die Trevisaner dem Anwalt zu, und der Richter bemühte sich vergeblich, den Saal zum Schweigen zu bringen.

«Ist es nicht so, dass Sie, Don Antonio, Gott und alle Anwesenden täuschen wollten?», rief der Anwalt Longhis. «Denn die Tränen dieser Madonna», und damit richtete er erneut den Finger auf das seltsame Zwillingspärchen, «sind nichts anderes als billiger spanischer Rotwein!»

Nach dieser Äußerung des castellesischen Anwalts ging eine Woge hämischen Gelächters über die Trevisaner nieder, denn nicht nur hatte man offenbar das Wunder der weinenden Madonna von Treviso künstlich herbeigeführt – an und für sich schon ein Skandal –, die göttlichen Tränen bestanden ausgerechnet aus *spanischem* Importwein. Der Lärmpegel im Saal steigerte sich bis zur Schmerzgrenze.

«Wehr dich, du Memme!», dröhnte Don Ignazio.

Don Antonios Herz galoppierte, der Angstschweiß kam in immer größeren Mengen auf seiner Stirn zum Vorschein, und er hielt sich krampfhaft an der Lehne seines Stuhles fest, um nicht ohnmächtig zu werden.

«Luft», flüsterte Don Antonio, «ich brauche Luft.»

«Und ist es nicht so, dass Sie, Don Antonio, die Entdeckung des Schwindels durch den vatikanischen Abgesandten Francesco de Renzi befürchten mussten und daher den Schnitzmeister Salvatore Tarlo beauftragten, eine weitere Madonnenstatue anzufertigen, der echten täuschend ähnlich, die Sie beide dann gegen das Original austauschten, als sich Ihnen dazu die Gelegenheit bot? So wurde es nämlich unmöglich, den inneren Mechanismus der Madonna bei einer Röntgenuntersuchung, vorgenommen im Januar dieses Jahres in der Arztpraxis von Doktor Lorenzo, zu entdecken. Ist es so gewesen, Don Antonio?»

Heiß, es war heiß hier drinnen. Woher wussten die das alles?

«Rien ne va plu!», schrie Don Ignazio. «Tot! Tot! Du bist erledigt!»

«Ich … ich … nein, ich …», sagte Don Antonio, dann brach er auf seinem Stuhl zusammen. Das Letzte, was er noch sah, als er zum Fenster blickte, war der immer kleiner werdende Geist Don Ignazios, der ihm freundlich zuwinkte, als wollte er sich verabschieden, und sich dann nach und nach verflüchtigte. Dann wurde es dunkel.

23

Es brachte ihn nicht um, und nach einigen Wochen war man auch in Treviso so weit, dass sich der Zorn in Mitleid verwandelte und man begann, seinem Pfarrer zu verzeihen. Der Herzinfarkt, den der arme Don Antonio im Gerichtssaal erlitten hatte, war somit auch für etwas gut.

Tatsächlich zog Mario Fratelli seine Klage gegen Emmanuele Benito Longhi zurück, denn es hatte keinen Sinn mehr, für die Wahrheit zu kämpfen, wenn die Lüge so offensichtlich war. Die Geldbußen, die der Richter über die anwesenden Trevisaner wegen Missachtung des Gerichts letztlich verhängt hatte, zahlte man stillschweigend aus der Gemeindekasse.

Die Castellesen feierten dagegen recht ausgelassen ihren Sieg. Doch als nach Bekanntwerden des Skandals die Buchungen der Pilger ausblieben, bemerkten auch sie, dass sie sich im Grunde ins eigene Fleisch geschnitten hatten. Ohne das Wunder von Treviso ging der gerade erst entflammte Pilgertourismus in der Region gegen null, und in Castello della Libertà blieben die Hotels und Restaurants bis auf ein paar Besuche der üblichen Mussolini-Touristen fortan leer. Longhi, der sich bei einer Neuwahl Chancen auf das Bürgermeisteramt ausgerechnet hatte, wurde nahegelegt, sich nicht mehr allzu oft allein außer Haus blickenzulassen, wenigstens in den kommenden Monaten.

Am härtesten traf es natürlich die Trevisaner. Massimo baute die Fremdenzimmer nach einem Jahr in einen Lagerraum und ein großes Spielzimmer für seine Enkelkinder um und verlor nie wieder ein Wort über seinen ursprünglichen Plan, eines Tages ein Hotel in Treviso zu errichten. Der Blumenladen blieb dagegen bestehen, denn auch wenn die Pilger ausblieben, so waren die Trevisaner doch recht froh über die verbesserte Nahversorgung vor Ort, wozu auch Vitos nach wie vor beachtliches Supermarktsortiment gehörte, das nun allerdings um einige Artikel aus Asien gekürzt worden war. Wer ihn auf die kreischbunten Plastikmadonnen ansprach, der musste damit rechnen, des Ladens verwiesen zu werden.

Worüber man in ganz Treviso allerdings lange rätselte, war die Frage, woher der Anwalt der Castellesen all diese Informationen gehabt hatte, denn der vatikanische Abgesandte, Francesco de Renzi, hatte sich vor Gericht so gut wie jeder konkreten Aussage zum Geschehen in Treviso verweigert. Dabei hatte er auf seine kirchliche Autorität gepocht, die ihre Untersuchungsergebnisse der Öffentlichkeit erst nach eingehender Prüfung präsentieren wolle, was bis zum heutigen Tage nicht geschehen war. Und obwohl die Aussage des römischen Kunstkenners mit dem Kinnbart deutlich gemacht hatte, warum die Tränen der Madonna kein Wunder waren, erklärte sie doch nicht, woher der Anwalt von dem Tausch der Statuen gewusst hätte. Man hatte Salvatore Tarlo im Verdacht, der sich seit neuestem im Dorf rar machte und nun angeblich recht gute Geschäfte in Vicenza betrieb.

Doch Salvatore war, bei aller Mitschuld, nicht derjenige, der geplaudert hatte. Sosehr ihn diese Erkenntnis auch traf, es war Don Antonio höchstselbst, der das Geheimnis um die Madonna von Treviso der Welt offenbart hatte – auf eine etwas verquere und noch dazu alkoholische Art und Weise.

Bei einem der zahlreichen Interviews, die der Pfarrer vor Prozessbeginn gegeben hatte, war er von einem der Journalisten gefragt worden, was sich seiner Meinung nach für die Menschen in Treviso seit dem Wunder geändert habe, und Don Antonio hatte mit dem ihm üblichen Zynismus geantwortet, die Bürger von Treviso hätten dank der örtlichen Enoteca nun das Privileg, einen besonders schlechten spanischen Rioja mit dem Etikett «Tränen der Muttergottes» käuflich zu erweben, eine Errungenschaft, auf die man unter keinen Umständen verzichten wolle. Der Anwalt Longhis hatte das Interview gelesen und eins und eins zusammengezählt. Wenn aus den Augen der Madonna schlechter spanischer Rioja floss – wie aus dem chemischen Gutachten eines Sachverständigen hervorgegangen war – und in der Enoteca in Treviso schlechter spanischer Rioja angeboten wurde, dann konnte dies nur bedeuten, dass die Madonna mit schlechtem spanischen Rioja aus der Enoteca in Treviso befüllt worden war. Es hatte ihn nur wenig Mühe gekostet herauszufinden, wer vor dem 15. September ebendiesen Wein in Treviso bezogen hatte. In den Auftragsbüchern der Enoteca gab es bei «Span. Rioja» nur einen Verweis auf die Kirchengemeinde Trevisos. Folglich musste der Pfarrer etwas mit der Präparierung der Madonna zu tun gehabt haben. Das Adressetikett auf der kleinen Pumpe im Inneren der Statue hatte dann den endgültigen Hinweis auf ein Zusammenwirken zwischen Schnitzmeister und Pfarrer ergeben. Und die neue Fassade der Arztpraxis von Doktor Lorenzo war ohnehin für jeden sichtbar, der an ihr vorbeiging.

Don Antonio, dem Bischof Santini im Krankenhaus einen kurzen Besuch abgestattet hatte, kehrte nicht mehr nach Treviso zurück, stattdessen beauftragte er seine Schwester damit, zwei Koffer mit seinen persönlichen Sachen zu packen und an die Adresse eines Benediktinerinnenklosters in der Nähe von Palermo zu schicken.

«Es wird Ihnen dort gefallen», hatte Bischof Santini zu Don Antonio gesagt. «Es ist ausgesprochen ruhig dort, und man kann von einem der umliegenden Hügel aus sogar bis zum Meer sehen.»

Don Antonio reiste an einem heißen Mittwochnachmittag im Juni. Seine Schwester Maria und Luigi begleiteten ihn bis nach Sizilien, wo sie ihre Hochzeitsreise antraten.

24

In Treviso ging alles seinen gewohnten Gang, so als hätte es das Wunder der weinenden Madonna nie gegeben. Nach wie vor stritten sich Vito und seine Frau zwischen Käsetheke und Süßwaren, strengte der Bürgermeister Mario Fratelli bauliche Projekte an, welche die Gemeinde viel Geld kosteten und wenig zur Verschönerung des Ortes beitrugen, darunter ein zweispuriger Kreisverkehr am Ortsausgang auf der Straße nach Castello della Libertà. Immer noch konnte man in der schlechten Enoteca Wein und andere Spirituosen käuflich erwerben, wenn man das denn wollte, und den Salon von Luigi übernahm im Oktober ein junger Unternehmer aus Vicenza, nachdem Luigi sich nun doch entschlossen hatte, sein Geschäft zu verkaufen.

In Massimos Trattoria war der normale Alltag zurückgekehrt. Man traf einander und blieb doch unter sich. Vorbei war die Zeit der Pilger und christlichen Jugendgruppen, die Treviso für eine kurze Weile übervölkert und den Schlaf geraubt hatten. Viel Spott hatte man über sich ergehen lassen müssen, vor allem das italienische Fernsehen hatte kein gutes Haar an dem kleinen Dorf gelassen, und Bürgermeister Mario machte sich bis zum heutigen Tag Vorwürfe, dass er sich von Longhi zu diesem Prozess hatte provozieren lassen.

«Massimo, bring mir noch ein Achtel vom selben!», rief er dem Wirt am Tresen zu.

«Kommt sofort, alter Freund», antwortete Massimo

und schüttelte den Kopf über das Ergebnis des Boxkampfs, der im Hintergrund lief. «Ich versteh das nicht. Guck dir die Linke an. Der hätte doch gewinnen müssen!»

Vito, der Ladenbesitzer, der mit einem Espresso an der Bar stand, kommentierte dies mit einem gemurmelten: «Wir hätten auch gewinnen müssen. Und? Versteht das etwa einer?»

Massimo ließ die Luft laut durch seine Zähne entweichen und machte sich daran, eine weitere Weinflasche für den Bürgermeister zu öffnen.

«Willst du nicht auch etwas essen?», rief er ihm zu.

«Was gibt es denn?», fragte der zurück, wohl wissend, dass es in der Trattoria seit Generationen zu Mittag nichts anderes gab als Pasta al pomodoro.

«Pasta al limòn!», antwortete Massimo und wechselte den Kanal.

25

«Hast du die Fahrkarten eingesteckt?»

«Ja, habe ich.»

«Und die Hotelbuchung? Was ist mit der Hotelbuchung?»

«Ja, die habe ich auch dabei.»

«Und unsere Pässe?»

«Luigi, wann bist du das letzte Mal verreist?»

«Ich weiß nicht genau … 1988?»

«Das erklärt so einiges», antwortete Maria. Nicht, dass Maria nicht ebenfalls sehr aufgeregt war, aber was sollte denn jetzt, da die Trauungszeremonie hinter ihnen lag, noch passieren?

«Hast du ein Bonbon dabei?», fragte Luigi.

«Ich muss nachsehen …» Sie wühlte in ihrer Handtasche. «Nein, nur Kaugummis. Möchtest du einen?» Luigi schüttelte den Kopf, und Maria drehte sich zu Don Antonio um, der sie bis Palermo begleiten würde. «Willst du vielleicht …?»

Don Antonio blickte zu seiner Schwester auf, nickte und nahm sich einen.

Ihr Zug fuhr ein, und Luigi griff beherzt zu den Koffern, froh, endlich eine sinnvolle Aufgabe gefunden zu haben, die sein Reisefieber kaschierte.

«Antonio, der Zug ist da. Kommst du?»

Don Antonio erhob sich von seiner Sitzbank und folgte wortlos seiner Schwester und seinem Schwager. Auf dem Bahnhof von Vicenza war einiges los, und es fehlte nicht viel, und ein junger Mann mit einem Tramperrucksack wäre in sie hineingerannt.

«Passen Sie doch … Giorgio! Was machst du denn hier?» Luigi blickte in das festentschlossene Gesicht von Bürgermeister Mario Fratellis Neffen.

«Ich fahre nach Finnland.»

«Mit dem Zug? Dauert das nicht viel zu lange?»

«Bis Mailand, dann weiter mit dem Flieger nach Tampere und dann wieder mit dem Zug bis Nokia.»

«Was willst du denn in Nokia?», fragte Luigi verwundert.

«Ich habe dort etwas zu erledigen», antwortete Giorgio, nickte den dreien noch einmal kurz zu und eilte weiter zu seinem Zug.

Im Abteil war es stickig, Luigi öffnete das Fenster, dann setzte er sich Maria gegenüber und betrachtete stolz seine Frau in ihrem weißen Reisekostüm.

«Wann sind wir da?», fragte Don Antonio.

«Guter, ich glaube, es ist am besten, du schläfst erst einmal ein paar Stunden», sagte Maria.

«Wie soll ich denn bei der Hitze schlafen? Dieser Anzug ist einfach zu heiß!» Don Antonio schwitzte heftig in seinem schwarzen Ornat, und für einen kurzen Augenblick wünschte er sich, er wäre tot. Dann fiel ihm wieder ein, dass er erst kürzlich davor gestanden hatte, das Zeitliche zu segnen, und so bevorzugte er es, sich überhitzt, aber lebendig der Trenitalia zu überantworten, und schlief tatsächlich ein.

Maria, nachdem sie alle ihre Taschen verstaut hatte, beugte sich zu Luigi, küsste ihn auf den Mund und flüsterte leise: «O wonnevoller Augenblick, wie herrlich ist der Liebe Glück!»

«Was sagst du, cara mia?»

«Ach, nichts, mein Figaro, gar nichts.»

Ein Pfiff ertönte, und der Zug setzte sich in Bewegung.

Die Handlung dieses Buches ist fiktiv.
Die in diesem Roman dargestellten Personen
und Ereignisse sind frei erfunden. Ähnlichkeiten sind
zufällig und nicht beabsichtigt.
Die Autorin schwört,
dass es in Venetien viele Wunder gibt,
aber keine schlechte Enoteca.

MIX
Papier aus verantwortungsvollen Quellen
FSC® C083411

Das für dieses Buch verwendete FSC®-zertifizierte Papier
Holmen Book Cream liefert Holmen, Schweden.